AQUARIUS

AQUARIUS

AQUARIUS

每個人心中都有一座島嶼，

藉文字呼息而靜謐，

Island，我們心靈的岸。

隨軍翻譯

一本聯合國維和部隊隨軍翻譯者的文化筆記

禤素萊

紀念先父

眼前疲憊已極的士兵幾乎個個都在蛻變成駱駝

人人都有他心中無法承載的那最後一根稻草，長在這片盛產駱駝寓言的土地上。

「我們到鄉下巡邏的時候，偶爾從裝甲車上撒糖果，天女散花似的，小朋友們都搶得不亦樂乎，簡直就是一場糖果嘉年華，沒有人會拒絕的。我們撒呀撒地，撒得很快樂，感覺自己完全是個聖誕老人呢！」約瑟說得眉飛色舞，我聽著，卻實在不忍心去提醒他，聖誕老人不會開坦克去派糖果，聖誕老人身上不帶槍。

像養在深閨裡的姑娘般，人數稀少的女翻譯被軍隊圈養在基地這個深閨裡，輕易出不得大門半步。稍具風險的任務都分派給男翻譯去負責了，閨女們天天在營地裡巴望，巴望出門回來的哥兒們，給大家講講外面世界的精彩故事。

軍事機密

也不曉得是不是經過特別挑選，QRF這幫陌生的哥兒們，個個至少一米八，又高又壯的。
混在這群全副武裝的鍋蓋頭當中，一時突顯得我非常迷你起來。

士兵帳篷內觀。

聯合國特遣北約維和部隊

二〇〇七年始，禤素萊任職隨軍翻譯，專職提供軍隊語言、文化上的訓練。

B-Ž

跟著軍隊生活的這些日子以來，我已被磨練得很有耐性

耐性不單是去忍耐一些莫名其妙的事，還包括不去問那些事為什麼會發生。軍隊裡有很多行動，基於安全理由，事先不會讓太多人知曉詳情，在這點上我是理解的。

夕陽西下

大觀園裡談論炊煙的小姐丫鬟；
教堂裡姓棕姓黑姓綠高論膚色平等的白人；
嚼著巧克力的我，
都是一幅幅甜美寧靜的畫面。

D-10

軍旅生活是個充滿壓抑的生活，
沒有人能夠隨心所欲按自己方式過日子。
但是遭逢困難時，
彼此間放下成見互相照應的手足精神，
卻是在外頭世界所難以體驗到的。

哈薩克
蒙古
烏茲別克
斯坦
吉爾吉斯
斯坦
土庫曼斯坦
塔吉克斯坦
中國
阿富汗
巴基斯坦
新德里
New Delhi
尼泊爾
不丹
孟加拉
共和國
印度
緬甸
孟買
Mumbai
阿拉伯海
邦加羅爾
Bengaluru
孟加拉灣
Andaman Sea

Praha
捷克
斯洛伐克
烏克蘭
奧地利
摩爾多瓦
匈牙利
羅馬尼亞
克羅地亞
塞爾維亞
黑 海
義大利
科索沃
保加利亞
格魯吉亞
羅馬
Roma
伊斯坦堡
İstanbul
阿塞拜
希臘
土耳其
Mediterranean Sea
敘利亞
突尼西亞
黎巴嫩
伊拉克
以色列
約旦
波
利比亞
埃及
沙烏地
阿拉伯
麥加
مكة
紅
海
尼日
蘇丹
葉門
乍得
厄立特里亞
亞丁灣
吉布提
埃塞俄比亞

懷抱維和的崇高使命，
那些充滿陽光笑容的大兵，
在我心裡留下一輩子難以磨滅的美好記憶。

簡若書

【推薦序】

在善念裡掙扎

廖芸婕（跨國自由記者，《獨行在邊境》作者）

我不認識素萊，然而拜讀這本《隨軍翻譯——一本聯合國維和部隊隨軍翻譯者的文化筆記》時正是巴勒斯坦即將走入夏季的春尾，月亮高掛，人人準備迎接拉瑪旦（Ramadan，伊斯蘭教的齋戒月）。一百年以來，這塊土地雖被以色列武力強奪佔據、人們多有失去家園的陰影、百分之七十家庭裡至少有一個成員因抗爭而身陷囹圄，然而除衝突現場外，日常生活裡大抵人情溫暖可愛且樂於分享。

在這裡的我，難以想像令素萊神經緊繃、頭皮發麻的軍營生態。我多想知道，那是否也是常民互動的模樣？其實，或許我心中早有答案，軍營裡的成員畢竟仍由常民組成。但一股懷抱理想的天真，叫自己不願多想。

總說戰亂國家可憐的是百姓，在政治人物的談判桌下任其宰割。然而一道道權力暴烈地掃在平民身上，留下的傷疤、陰影，終究也養成其彼此內爭互鬥的習性。作者隨美軍駐紮在戰亂之地，其尷尬角色自不必多提，軍營政治裡，流動的心理習性與洶湧的明暗較勁，恐怕亦是多國政治的縮影。

這一切，無論是上對下的刀俎魚肉、男性對女性的傲慢及猥瑣、當地員工對外國員工的欺侮與不屑，都在隨軍翻譯的一位女子筆下，字字血淚般地呈現出來。我想像素萊出現在一群軍人以及來自不同文化的面孔之中，就如同攪動一池春水，或者一灘汙泥，背後的歷史長河並非一時造就。

而她以自己的人生走了一遭，自二〇〇七年以來，多次懷疑、絕望、想放棄，書中提到：「從此以後，我選擇了沉默。對著一個我無法理解也無從理解的文明，我努力過，現在不得不放棄。我既不願意輕率地說它是文明的衝突，卻也深深體會到對話的困難。我選擇沉默，文明的沉默。」如此大膽且主觀的筆鋒，在書中毫不忌諱地多次出現，彷彿以書寫揭露自己眼裡的荒唐世界，將是她最終的心靈救贖。

這樣的素萊，也給了我們一個機會，望見自己步伐到不了的遠方。縱然已經在許多著作裡讀過阿富汗與伊拉克女性如何深陷性別泥淖，如何遭禁錮在不見天日、有如人間囚籠的布卜褂下，讀素萊的親身遭遇，還是時時為她捏一把冷汗。有趣的是，素萊不時急中生智，將回應的手腕當作一場場遊戲經營，有時甚至鐵石心腸、不惜以牙還牙。不曉得是否因此，才能夠使她在張牙舞爪的環境裡過得坦然一些。

這些文字其實令人不忍卒睹。字裡行間，彷彿可以嗅見那不是素萊的本性，卻無奈於不可不為：「我深恨自己因著一念之差，而沒把保護自己的『不友善策略』貫徹到底……」「這是我這輩子裡，對人說過的最重的話，我一點也不感到抱歉……毒蛇的本性不會更改，對毒蛇仁慈，就是對自己的愚昧。」

「在一個生命如此脆弱的地方，我從未放棄過想與人為善的信念，即使是一個曾經陷害我的人，我覺得如果她釋放出善意，就應該給予正面回應，也許就能一勞永逸解決彼此間的矛盾。我以為，文明對話永遠是解決文明衝突的好方法。當然，現在我書寫這些過去的經歷時，我才明白，當時的我是多麼的天真啊！」這樣的文字，令人揪心。

獨自生活過幾個比較「麻煩」國度的人，或許都曾經有這樣的經驗：抱持著善念，一次又一次地相信他人，最後卻被欺負得無法保護自己。為了在那個欺善怕惡的環境裡存活下來，性格終將不知不覺被磨得同險惡的人事環境般尖銳、無情、狡詐，成為自己也不認得的自己。我回想六年前走過另一個也曾受戰爭蹂躪的國度，至今再難想像當時寫下的自己；說實在，心中仍有懊悔，希望自己能有更大的包容，去愛上一個其實也深陷無奈的地方。

那是文化差異呢，或是宗教差異，還是歷史的沉痾？素萊說，每個人心中都有那無法承載的最後一根稻草。那一根稻草，成了人們在一塊土地上來來去去，停停走走，甚至喪生之前的那一個巨大負荷。

素萊想必是心中蒐集了好幾根稻草，但都張開雙臂，讓風吹了散去吧。有時候，她淡然處之的態度令人驚奇，各種小時刻：上廁所、化妝、吃喝……以及臨時負責翻譯時忍氣吞聲所見的暗中較勁、被男性騷擾與呼之即來揮之即去的不尊重，在她的筆下活靈活現，有時讀起來居然充滿童趣。好像一個人行至絕望處，再怎麼伶牙俐齒，也只能開懷大笑。

這當中最弔詭且令我深刻有感的，是對一個文化理解或認同之間的差異，若未表明清楚，終究導致自己裡外不是人。每到一個新的國度，為了融入當地文化，我總盡量試著以當地人的方式及習性過生活。然而素萊點出，這也成了我們的障礙。除了女性身分外，不曾展現外國人的優越感，試著理解並適應當地文化模式的自己，反而被當地人視為認同了一切，並以同樣標準檢視。結果，這使未完全服膺該文化的自己成了炮火中心，被誤解、被糾倒、被理所當然地欺侮。

許多人身處異文化之中，始終撐持著善念，卻難以啟齒的掙扎，在素萊的筆下被描繪了出來。

真心希望知道，幾年過後，素萊如何回顧這一段記憶。那當中，是否仍有些美好而令人眷戀的時刻？猶如槍林彈雨中，躲在醫院小小的角落裡，聽臘亞醫生說著一個又一個的故事。這是個充滿故事的地方，然而有時心念一轉，愛的感受竟添了苦澀。書中最令我惆悵的一段莫過於：「當我終於決定要試試以總管的方式去應對挑戰時，竟感到千年月色一下就被我踩在了腳底。」

在我的經驗中，在極黑暗極絕望的地方，反而也常可看見人性中最美麗最無私的一面。希望素萊心中還有一些熱情燃燒的火光，讓她能一笑泯千愁！也謝謝她與我們分享了一個又一個親身經歷的故事。

代自序

說起我任職隨軍翻譯的過程，就必須從二戰時期的一首德語流行曲〈莉莉瑪蓮〉（Lili Marleen）開始。彷若帶著某種預言的序曲，我先是莫名地為之感興趣而學會了唱，再偶遇一位歷經戰亂的老太太，聽她親述動盪歲月的磨難。待我把那次邂逅寫成散文〈莉莉瑪蓮的等待〉後，很快地，序曲結束，布幕掀起，這輩子想都沒想過的，我竟就誤打誤撞步入戰爭舞台，成為維和部隊翻譯大軍一員，從此展開多年的隨軍生涯。

對於過去一直在太平盛世生活的我而言，「戰爭」僅僅是媒體上的一則則新聞一張張圖片，並不真切。而偶爾接觸描述戰爭的詩文、電影，那題材總帶點浪漫色彩，甚至是藉以烘托自身幸福感的某種情懷。情懷之外，一切都事不干己。我根本不了解何謂戰爭。

這些年來，隨著恐怖主義在全球肆虐，加上民族主義興起並煽動著族群對抗與仇恨，紛爭與不安在許多原本平和的地域逐漸浮現。戰爭，已不再是個屬於遠方或屬於歷史的名詞，它已改變形式，隨時可能在身邊發生。現下世界，再沒有人能夠宣稱它與己無關。

我「慶幸」自己有這樣的機會，得以近觀二十一世紀人類在伊拉克與阿富汗的兩場大型戰事，以及參與了維和部隊在巴爾幹半島的軍事任務。這本書是我在軍營的生活紀錄，封閉而特殊的環境，使每個人的心智都飽受扭曲與壓抑，讓人難以客觀兼大度地包容形成衝突的事物。我選擇誠實地記載各人在面對文化衝擊時，憤怒而略帶偏見的心態與反應，不刻意去做任何政治正確的修飾。在還原一個個場景後，或許得以讓人管窺日常的「文明衝突」是怎麼回事。

書裡輯一與輯二收錄的，正是在這類文明、文化差異下所產生的種種故事，特別是身為女性在封閉的伊斯蘭世界裡的艱難處境，她們的遭遇以及女翻譯的遭遇，都因為同為女性而讓彼此命運緊緊相連。那些匪夷所思的經歷曾經令我無數次反省、矛盾、糾結到無以復加的地步，若不是要出版此書，坦白說，多年來我早已極力淡忘。許多的思索沒有答案，許多的恐懼依舊真實，許多的憤怒找不到對象，而戰爭還在繼續。

輯三的故事相對輕鬆，它們記錄著我這個對軍事原本毫無概念的書生，如何從初入軍隊頻出烏龍的菜鳥，演變到成為備受考驗的隨軍翻譯的過程。

謝謝「有人出版社」的曾翎龍，是他一直努力想讓這本《隨軍翻譯》被更多人看見，才有了與寶瓶文化的結緣。感謝寶瓶文化總編輯朱亞君，在寒冷冬夜「添了薪柴」般地發現此書，燃燒的能量也溫暖了遠在沙漠裡的我。感謝編輯周美珊以及團隊為此付出的每一位。

最後，跨國自由記者廖芸婕為此書寫序，是莫大的驚喜。我想我們都在彼此的文字裡看見自身難以言說的某些感悟。

我希望這些故事除了提供讀者以另個角度去審視包括南斯拉夫、阿富汗與伊拉克的戰爭以外，它也能帶給大家一點點啟示——真實而幸福地去感受和平世界的美好吧！安逸的人們不要輕易妄說「渴望戰爭的洗滌」。

目錄

二 羊入狼群

目錄

三　軍事機密

目錄

一 游在牆上的魚

阿富汗的布卡

我靜靜坐在工作崗位上，全身籠罩在阿富汗女性慣常穿著的罩袍「布卡」（Burqa）裡。我把罩袍乾脆直譯為「布卡」，因為就是這樣一塊天藍色的布，形同監獄般地卡住了女性的人身自由與自主意識，一種完全違反人性，踐踏女性尊嚴的著裝。有所謂文化學者辯稱那是宗教習俗、民族傳統，所以必須給予尊重之類的高調，話說得輕鬆，他自身當然不曾有過穿著布卡過日子的經歷，他肯定未曾聆聽過阿富汗女性心裡真正的聲音。

第一天穿上天藍色布卡，我就如同其他幾個慣常穿著T恤牛仔褲的同伴那樣，沒跨幾步就因為動作太大踩到衣角，一把撲倒在砂礫地。從前出門時候總是健步如飛，身披布卡以後，才發現布卡會形成視覺障礙，讓人無法分辨路面高低，也無法準確揣測距離，就算將眼睛聚焦得幾成鬥雞眼來視察路況，也只心生「路漫漫其修遠兮」的感歎，而不得不把腳步給改成姍姍蓮步。學習披著布卡走動真是比嬰兒學走路還具挑戰性，嬰兒學步還有人在旁守護，隨時準備伸手攙扶，而幾個布卡大齡女青年在路上不慎絆倒了，卻得自己跌倒自己爬。

從布卡直視外面的陽光，被網狀切割成無數小方塊的陽光，阿富汗破碎但絢麗的夕陽。

從布卡外自拍，透過窗網回望我自己的眼睛。許許多多阿富汗女人的靈魂之窗，就是如此被常年幽禁。

是的，這是我，不是外星人。

布卡下呼吸五分鐘後，我開始感到呼吸困難。我生性自由不喜束縛，本來就有點幽閉恐懼症，這個把全身連眼睛都遮蔽起來的牢籠，實在叫人窒息，我很害怕自己會突然暈倒在地而完成不了任務。以布卡為衣裝的適應過程中，觸感神經往往還反射性配合視覺神經的訊息傳遞，會忘了兩個訊息的連接現在需要耗上一丁點時間，各個感官跟外界畢竟隔了層布。比如鼻子突然發癢，伸手去抓，才發現是隔布搔癢，急急把手探千層糕似的探入布卡裡去找鼻子，雖然就幾秒鐘時間，卻讓人癢得快發瘋。而當同伴遞給我一包插著吸管的飲料時，我接過來很自然就張嘴吸，結果當然是吸上滿口布的質感。那必須就著杯口啜飲的熱咖啡或熱茶，想都別想了，要如何一邊掀裙襬一邊把熱杯子捧進布卡裡去呢？

布卡這一大塊藍布罩在身上，雖然是聚酯纖維布料，卻還是感覺有點沉重，讓它穩穩地披在一身衣服上而不滑落的關鍵，就在於較為緊縮的上端，頭套一樣，緊緊箍在頭上，一天下來，會令人頭痛。緊貼眼瞼的地方，使眼睫毛不得不撐起布卡，雖然只是微妙的「重量」，但每次眨眼都叫人感到刺痛。如果天氣炎熱，身體簡直就在布卡下燃燒，呼吸的濕氣加上汗流浹背，布卡就是個流動蒸汽浴。

試想想這樣的情況，生為女性，你不許獨自上街，除非你家男性願意陪伴你，而且你還必須跟在他身後，亦步亦趨，你的行動能力因此被牢牢掌控在男性手裡。你不能在公開場合露出面孔，所以自然地，你根本不可能在餐廳用餐，萬一真有機會上餐館，你也只能餓著肚皮隔著布卡紗窗，坐看你家男性老少在你面前狼吞虎嚥。因著布卡的耷拉，出門在外，你將無法上洗手間，所以你一定要學會憋尿，萬一你還真的憋不住了，要上洗手間去方便了，你也要學會忍受寬大的裙襬橫掃地上所有汙穢的無奈。此外，女性嚴禁在公眾場合說話，你當然就不可能跟自己女性朋友約在咖啡館去見個「面」聊天。在你家男性陪同下，你可以上街買菜，可是，你的雙手會因為布卡的累贅，而無法拎太多東西，男性是不會主動伸手幫助你的，即使那是你年幼的兒子。當你勉為其難拎上幾袋東西後，你要麼變成一團蹣跚移動的肉球，要麼因為撐開的布卡讓你走光而招罪，雖然走光的不過是布卡下的裙襬或衣袖。街上那隨時揮鞭趕女人如趕驢子的員警，你不能掉以輕心，員警勢力之大，連部隊人員都得讓他三分。

在公共場所幹什麼事都不方便的情況下，最後，不必你家男性要求，你也會寧願待在室內盡量不出門，對吧？誰要戴著副布製的牢籠出去當具幽靈在街上無聲無息地走動？誰要在寬廣的天空下仍舊被牢牢地束縛著人身自由？雖然習慣是個適應程度的問題，阿富汗女性當然都習慣穿著布卡，然而不便到底也還是不便，它並不因為習慣而成為方便。

在穿上布卡後所有匪夷所思的處境裡，對我形成最大衝擊的是作為一個獨立個體，卻在個人特徵上被極度簡化。在阿富汗，女性本來就是個附屬於男性的存在，不談原本就不允許女性持有的身分證，就談布卡，這個塔利班政府加諸女性的約束，它讓所有女性都面目模糊成一片片流動的布海，而布海下僅剩腳上的一雙鞋，勉為其難擔負起身分識別的作用。中文詞彙裡，「見個面」在這個地方對於女性是沒有意義的，「見個鞋」才是符合情境的形容。

對布卡縱然再不習慣，為了完成任務，幾個「喬裝」的人也只得硬著頭皮，過上那被布卡牢牢卡住的人生。過上幾個月，女翻譯們就找到了在布卡下自娛娛人的方式，我好幾次換了鞋子穿，就把同伴搞得暈頭轉向，認不出來人到底是誰？在冗長的會議裡，我頭倚著牆在布卡下閉眼睡上十分鐘，卻沒有半個人發現。我嚼口香糖嚼得凜牙冽齒也不必顧及儀態，為悅己者容的化妝問題，當然也不復存在。

布卡雖說是為了不讓男性見到所謂會引人犯罪的女性面孔及身段，卻其實成就了女性在布卡下肆無忌憚盯著男性瞧的方便。我們盯著目標人物，而目標人物卻絲毫沒有察覺已經被盯梢。女翻譯莫妮卡有次喜孜孜地，說她一天之內，眼睛飽嘗不少美色，阿富汗當然也有俊男。

塔利班政權用布卡束縛女性的身體，卻大概沒料到它反而加速解放那些叛逆的靈魂。阿富汗的年輕女性大概沒有不痛恨布卡的，偏遠地方的婦女還穿著布卡，是因為塔利班頑強分子恫言要索取不穿戴布卡的女性的生命。如果有一天契機到來，阿富汗女性的解放肯定是伊斯蘭世界最為徹底的，沒有人比她們更了解在性別上飽受壓迫、歧視的滋味。到那個時候，不難想像，阿富汗女性將脫下那代表她們身分辨識的鞋子，用力往偏激分子們扔去。在西亞，我們都知道，扔鞋代表了個人最激烈的鄙視與反擊！

游在牆上的魚

臘亞醫生是我所執勤醫院裡的醫生，他實在是個有趣的人物，總能在大家感到鬱悶疲倦的時候，適時地講個笑話或當地風土人情給大家醒醒神。第一天見到臘亞醫生，就發現他笑的時候，習慣拉起裹頭巾的尾端半遮著臉笑。大兵們雖然覺得他這個下意識的動作有點女性化，但大致上還是尊重他的，並沒有因此取笑他。然而當地人就沒有如此寬容，好幾次，我看見醫院裡的訪客明目張膽作弄臘亞醫生，他低著頭總是不吭聲不回話。

這一天，來了幾個流氓少年，一看就知道是來鬧事的。這個地區的各個派系之間為了登山證與水源爭執不休，打鬧與爭吵幾乎是家常便飯。生活中出現任何瓜葛，只要在最後抬出這兩個堂皇藉口，衝突馬上就可以變得理直氣壯。

臘亞醫生正好在用午餐，流氓們圍在他桌前，出言不遜地挑釁，不外是調侃臘亞醫生到底是不是個真男人？問他處不處理變性手術？甚至當面就要撩起長布袍的。我在布卡的掩飾下冷眼旁觀，極端厭惡這些無聊的社會渣滓，即使心中再不忿，也只能默默看著臘亞醫生被當眾凌辱。女人，尤其是布卡下的女人，在這封閉的社會裡是完全沒有發言權的。臘亞醫生雖然沉著應對，可是看得出來他到底還是有點不安與慌亂。也許，這樣的經驗早就是他成長歲月裡揮之不去的烙印。我們兒時的記憶裡，不都有過這麼一個柔弱而飽受他人欺負的小男生形象嗎？

臘亞醫生是不是同性戀？沒有人有興趣去探問，大夥都有共識，只要不對他人造成傷害，個人的選擇與隱私都應該受到尊重。所以臘亞醫生和我們相處的時候都顯得很自在，雖然有時候他過度女性化的舉止還是會讓人忍不住發笑。在講究男人陽剛勇猛的伊斯蘭世界，如果他的職務不是醫生，他的陰柔想來必不見容於世。

流氓們離開後，臘亞醫生默默收拾好桌子，就消失在簡陋醫院不知哪個角落去了。在我們面前，流氓們不留餘地陷他於窘境，他內心一定極度難過。活在一個假宗教名目實施的極權統治下，人性遭受的打壓與扭曲，那些諸如同性戀、叛教或通姦等莫須有的罪名，讓多少想要活出自我的老百姓們，是被迫以何等卑微的方式在這片貧瘠土地上苟且偷生？

我決定去陪陪臘亞醫生聊聊天，在空置的兒童病房裡找到他後，卻發現他正在牆上作畫。他用紅黃藍綠四色，在蒼白斑駁的牆壁上，畫了一條吐著氣泡的游魚，有趣的是，氣泡並不是一貫的圓形，而是一顆顆血紅色的心。如果塔利班還在執政，描繪或重塑生物形象即等於自比造物主，畫魚的臘亞醫生恐怕要大難臨頭。

臘亞醫生專注地繼續作畫，我靜靜坐在一旁觀看，從畫中窺探他的內心世界。下午的陽光透窗而來，在牆上灑落成一片昏黃的海洋。在群山環繞的偏遠鄉鎮，一個善良的醫生內心正嚮往可以自由泅泳的大海，那裡或許還有美得冒泡的愛情在等待。

然而殘酷的現實卻是，和千千萬萬渴望自由與安寧的老百姓一樣，所有夢想也只能化身為一尾游在牆上的魚，在沒有海洋的地方，游魚的軀體永遠固定在戰亂這面冷冷的牆上。

阿拉丁神燈

那個昏沉沉的下午，臘亞醫生坐在沙發上，盯著窗外發呆。不出所料地，發呆沒幾分鐘，他就開始雙眼翻白，眼皮下闔，墜入夢鄉。

我本來一廂情願地認為，臘亞醫生應該就是《阿里巴巴和四十大盜》裡那個阿里巴巴的模樣，可是現在他坐著入睡了，我在他對面盯著他看，反而愈發覺得他更應該是《阿拉丁神燈》裡的那個燈神，左看右看，就是缺了兩撇鬍子。

我一時玩心大起，掏出軍包裡的化妝袋，找出液體眼線筆，準備在臘亞醫生臉上塗鴉。當然，這畫畫的靈感是由他畫魚所啟發，所以臘亞醫生如果要怪，我就怪他自己是始作俑者。

我以輕靈的動作，先在他嘴上鼻頭下，往左揮了一筆。好傢伙，他居然一動也不動。我再轉過來，往右又揮了一筆，他還是毫無知覺，竟是睡死了。哈！大功告成！

臘亞醫生變成了阿拉丁神燈裡的大力神，帶著八字鬍。

幾個女翻譯笑得東倒西歪，把沉睡的燈神吵醒了，燈神瞪了女翻譯一眼，眾人齊聲央求，說：「阿拉丁醫生，哦不，臘亞醫生，你可以實現我們的三個願望嗎？」

「三個願望？」臘亞醫生有點神智不清，可還是掙扎著從夢鄉回來，他坐直身子，就如醫生問診般，前傾著上身很仔細地：「我可以為你們做些什麼？」

我笑嘻嘻地道：「第一個願望：你要讓我們開心！」

臘亞醫生點點頭，在他看來，如果世界上的人都開心，就不會有人生病了，所以這個願望他是很樂意滿足我們的。

「那麼第二個呢？」

「第二個願望：在任何情況下，你都不可以生我們的氣！」安娜說。

臘亞醫生大笑起來，攤開雙手回問：「我為什麼要生氣呢？」

我和安娜對看一眼，心照不宣壞壞地笑。臘亞醫生聳聳肩：「好吧！第三個願望是什麼？」

我靈機一動，說：「你要講故事給我們聽！」

「這個容易，我們這裡故事多的是。」臘亞醫生點點頭。

就在這時，對講機響起來，連長大人在找我們，幾個人站起來就走，竟忘記告訴臘亞醫生有關他一覺醒來已變身燈神的事！

第二天一早，再見到臘亞醫生時，他笑咪咪地，不生氣地，輕敲我的肩頭，問說：「小姐，你用的什麼東西畫鬍子？我洗了半天都沒洗掉。」

經他這麼一問，我這才想起畫鬍子的惡作劇，趕緊一邊道歉也還一邊忍不住發笑：「哎呀呀！我用的是防水眼線筆啊！」

「那就怪不得洗不掉了！」臘亞醫生大力拍了一下掌，還是一副很開心的樣子，摸摸下巴怡然自得地說：「病人告訴我，我這八字鬍看來還挺漂亮的。」

說這話的時候，臘亞醫生雙眼閃過一絲促狹的神情，我頓時恍然大悟。哈！畫鬍子的時候，臘亞醫生哪裡是不知道呢？他原來是忍耐著讓我們胡鬧一場啊！

往後的日子裡，在醫院的小小角落，臘亞醫生果然實現承諾，變成有求必應的阿拉丁神燈，給我們講一個又一個的故事，果真滿足了我們的三個願望。雖然外面偶爾傳來槍彈聲，遠處山谷不斷迴蕩迫擊炮的轟炸，無人駕駛偵察機在高空來回往返，生命或如朝花夕拾，然而願望實現的人們，躲在醫院的小小角落，開心而不生氣地守著故事，守著臘亞醫生這個親愛的阿拉丁神燈！

布卡女子的新婚夜

某個無所事事的下午，臘亞醫生突然興致很好地問幾個駐守醫院的人一個問題：「淑女們，你們有沒有想過，那些徹頭徹尾裹在『布卡』裡，除了自己家人，外邊男人一概沒見過的阿富汗閨女們，如何面對她們的洞房花燭夜？」

四周靜默下來，臘亞醫生這個突如其來的問題把大家都問倒了。過往塔利班政權不但把女人都籠罩在布卡的世界之下，而且還不斷耳提面命，男人是禁忌，踰矩接近了，或許就得付出生命為代價，還可能死得極其羞辱、悲慘。可是，結婚卻把這個深植腦子的價值觀在一夕之間顛倒過來，新婚之夜，突然就得和那一向被視為洪水猛獸的陌生男人獨處，阿富汗少女的恐懼是不難想像的。

臘亞醫生一點關子都不賣，很快就揭曉答案：「很簡單，挑一個族裡年長的女性，陪她入洞房！」

「什麼呀？」西方淑女們個個驚叫，繼而明知犯了文化大忌，卻還是按捺不住哈哈大笑起來。軍方嚴厲的教導是完全禁止如此反應的，面對各種不可思議的習俗時，誰都不可以覺得好笑。

臘亞醫生彷彿很得意，捋著下巴鬍子笑看一群「土包子」在嘰嘰喳喳。原本都以為那可憐的新娘子除了被恐懼蹂躪之外並沒有其他辦法，卻沒想到原來實情竟是如此超摩登，西方世界望塵莫及。

「這才是真正的文化衝擊嘛！」我說。

「是的是的。」臘亞醫生點頭，續說：「中國那個什麼地方的『走婚』，在我們看來，也還不是一樣不可思議？男人怎麼就可以隨隨便便半夜摸上門？」

「好玩！好玩！這個族裡年長的女人，她入洞房幹什麼？」安娜不無好奇地追問。

臘亞醫生好整以暇，眼珠子骨碌碌轉了幾圈，才笑著答：「你這丫頭！這還用問嗎？」

可是聽眾屏息以待，臘亞醫生如果不解釋，質疑的聲音大概就不少，他只好繼續：「這是阿富汗偏遠地帶的習俗，大城市裡不復存在，大約沙烏地也還有這樣的習慣。約定俗成，也就沒有什麼尷尬或可恥的地方，年長的女人負責引導的任務，她的陪伴在情理上來說算是體貼的方式，新娘子因為這個親人在場，起碼不再感到孤單害怕，而一對新人有個具經驗的長輩在現場指導，生命繁衍的方式就變成最自然神聖的儀式。」

一個不小心就會變得活色生香的習俗，在臘亞醫生淡定的析說下，變得合情合理。三人洞房雖匪夷所思，但相對於文明社會那些特殊癖好者，阿富汗偏遠地帶的傳統婚嫁習俗，展示了純粹而符合人類知識生生不息的傳授狀況。在一貫被視為封閉保守的地方，性教育原來是如此被正面直視！

焚燒新娘

她在床上痛苦呻吟，已經一整天。淺二度燒傷，從上半身到雙腿，所幸面容沒有任何大面積傷損，這似乎並不重要，布卡下的女性，本來就沒有面容。

那呻吟聲在醫院走廊輾轉迴響，聽來是如此痛徹心腑，護士也只能給打大量止痛嗎啡。在這裡，嗎啡並不難得，難得的是先進的醫療設備，比方說，纏裹患處而不會黏貼在已嚴重燒傷的皮膚上的紗布，或者具優良吸汗、透氣功能的床單。沒有這些東西，稍微移動或更換紗布都會讓傷者痛不欲生，更別提要到哪裡去找殘存的肌膚來做植皮手術。

毫無例外地，每一個傷患都是女性，這半年來據說醫院已處理過五十幾個案例，每個案例的事發原因都是「意外」。家屬守口如瓶，受傷的原因永遠是一句簡短的「意外」。每每聽見這樣的答案，總要叫人怒火中燒，阿富汗的女性原來都那麼容易發生燒傷意外？她們難道喜歡玩火嗎？

真正的原因其實是心照不宣的，她們都是被焚燒的新娘，或是被壓迫的小媳婦，因為嫁妝不能滿足婆家要求，所以她們的存在不符合期待。不管是被迫或自己選擇，她們都被烈焰或硫酸所焚燒，令人髮指的是，大多數的新娘還只有十四、五歲。醫院年紀最小的一個傷患，更是只有八歲！她在上學的路上，被塔利班分子狂潑硫酸，因為按照「教義」，女性不應該受教育。對一個無辜孩子施以如此毒手，這是哪門子狗屁信仰？

阿富汗的女人並不是浴火重生的鳳凰，投火燃燒以後，她們以極大的痛苦換取死亡永久的解脫，那是人生怎樣的一種絕望。

無與倫比的愚昧叫語言也失去描述它的能力，山那頭罌粟花滿山遍野地開，提供身體的麻痹連帶提供精神的麻痺。古老的阿富汗啊！您什麼時候才願意自己醒過來？

誰來保護你，薩米亞？

薩米亞被嫁掉的那天，她只有七歲。

七歲的薩米亞當然無法主宰自己的命運，就算她十七歲，或甚至到了七十七歲，她的命運依舊牢牢掌控在男人手裡，那男人可以是她七歲時的父親，十七歲時的丈夫，或七十七歲時的兒子，這情形頗有點中國《禮儀》「未嫁從父、既嫁從夫、夫死從子」的味道。

而另外一個家庭裡，穆罕默德十歲的小女兒被人姦汙了，而姦汙她的人，是薩米亞的父親。正是父親的罪行，決定了薩米亞的命運。可憐的薩米亞，她不知道在她生長的地方，「公平」兩個字有不一樣的寫法，在父親被捕後，薩米亞一夜之間就成了賠償品，賠給穆罕默德的兒子去訴諸相同罪行，任由蹂躪。不難想像，等待著薩米亞的，將是一輩子可怕的復仇行為。薩米亞無法風光出嫁，她沒有陪嫁的羊或衣裝，也沒有祝福與歡樂，她的出嫁是恥辱性的，背負著父親的罪名。這是阿富汗東北部保守、原教旨盛行，加上千百年來民族習俗超越國家法律的種姓之地。

薩米亞懷抱她無窮的恐懼，被安置到黑暗的地下室，那兒將是她在夫家的棲身之所，她不是媳婦，她是奴隸。兩年多的時間裡，薩米亞飽受這個家庭的糟蹋與虐待，她三餐不繼、飢寒交迫。對她不滿時，有人會扯她頭髮、拳打腳踢，或以燒熱的鐵塊來燙烙衣不蔽體的她，這造成薩米亞體無完膚。冬天的時候，穆罕默德的太太要是想來點娛樂，就會把幾乎光著身體的薩米亞趕到屋外雪地裡，罰她站上數小時，那寒冷一般近於攝氏零度。可憐的小女孩，她大概永遠都無法明白，自己到底犯了什麼錯，要經受如此折磨？

當外界第一次聽見薩米亞的故事，看見她飽受摧殘的弱小身軀時，許多人，尤其是人道主義工作者，都為如此卑劣的懲治方式感到憤怒不已。這個故事牽涉兩個犯罪的成年男子與兩個受害的年幼女童，無辜女童承受了屈辱與懲罰，而兩個男性加害者卻完全不需承擔自身惡行的責任，逍遙法外，只因他們是男性。

什麼樣的習俗，竟可以讓一個清白女孩為自己父親的獸行挨受懲罰？什麼樣的審斷，竟容許把自身的痛苦，報復到無辜的人的身上，而相信這就是公平？以眼還眼、以牙還牙，是這樣的吧？

作為一個性侵案受害者的家庭，尤其在一個閨女清譽比什麼都重要的地方，穆罕默德家人的煎熬與憤怒不難理解，如此手段，就算放在文明社會，大概也會有不少性侵案的受害家庭為之叫好吧？女性身體受辱的創傷可是一生一世的烙印。然而合理、公平兼具人性的賞罰制度，難道不就在於不把自身經受過的痛楚，莫名加諸於不曾犯錯的第三者身上？尤其那還是一個只有七歲的小女生？

我不知道薩米亞的父親心裡痛不痛？自己的女兒如此被人蹂躪，或者真的讓他明白了受害者父親的感受而悔不當初。可是，任誰都要這樣問問：如果你是一個好父親，如果你真的心懷愧疚，那麼，你是不是早該捨身救女，誓死不從？在天天鼓吹你男性比女性優越的地方，你是不是早該有所擔當，不讓你的七歲女兒——一個女性，代你去活受罪？你這還算是個男人嗎？

薩米亞，人人都為你流淚，都希望可以把好不容易解救出來的你緊緊擁在懷裡，給你呵護，給你憐愛，給你從七歲起就失去的童年歡笑。然而這是阿富汗，許許多多的女性，許許多多的薩米亞，她們都如你一般，在男權淫威下被強暴，被潑硫酸，被剝奪受教育的機會，被布製的牢籠所囚禁，被販賣，被折磨，被摧殘。如果有誰膽敢反抗，還會被切掉耳朵、割掉鼻子、鋸掉乳房。她們無助的眼神跟你一樣，看不見人生美好的遠景與希望。在一個假神權、父權制度名正言順欺凌女性的國家，以宗教為蔭庇的陋習會加害於你，連本應該保護你的父親，都要你為他承擔罪行。在這樣一個讓人充滿無力感的地方，誰來保護你，薩米亞？它是如此叫人心碎。

二
羊入狼群

漏夜趕科場

回營報到的第一天，經過在各部門長時間的排隊與等待，把該領的用品領了，該上繳的文件也繳了，好不容易回到營房安頓下來時，已經是午夜十二點。我洗好澡正準備上床睡覺，卻傳來一道指令，所有翻譯，不論男女，也不管負責的是什麼語種，一概在凌晨一點到某地點集合，準備考試！

正在睡覺的，已經暖在被窩裡的，拉好毯子剛要躺下的，一下子不約而同齊聲罵娘，罵的當然是那頂頭上司的娘。

我覺得全身骨頭都要散開來了，可是上頭有令，不得違抗，只好下床重新整頓。漏夜趕科場，難道是怕咱們這一批翻譯休完假回來，連話也不會說了嗎？

一路怨聲載道，翻譯大軍裡有人乾脆穿睡衣入場，實行以穿著作無聲抗議，我披頭散髮，頭髮自行抗議。

長桌旁每個人的位子相隔不到半米，放眼看去，對方的考題一清二楚。軍方根本不擔心翻譯們彼此抄襲，其實也沒有人要抄襲，考好成績的人職責大，胡混上去了，以後當眾譯不出來時，難堪的是自己，何況每個人負責的語種不一樣，抄無所抄。

這一次我接到的考卷，竟是考我通曉的幾種語言裡其中的德英、英德翻譯。坐我前面的克麗絲丁考中日、日中。我左邊，茱莉亞是法英、英法。右邊，安娜眉開眼笑，她考斯拉夫語系的俄波、波俄，波語還是她父親的母語。我回頭望望，坐我後面的是個阿拉伯大叔，我才不管他考什麼！

考試時間三小時，如果早完成就可以早走。我翻開厚厚一疊問卷，一題題答下來，一篇篇翻譯。作答到後來，卡在語言學上稱為「假等義」或「同形異義」（False Friends）的段落。假等義詞彙大多源自一脈詞源，爾後在各自語言的發展裡卻各成字義；或者普遍認為源自同樣語系，其實不過是拼音湊巧相同或相似的字。這是極易鬧笑話的詞彙群，比如Gift在英文裡指的是禮物，德文裡指的卻是毒藥。Air在英文裡是空氣，而馬來語裡卻是水。我前、左、右看去，我的難友們全都停在了相關的段落。我瞪著我面前兩排密密麻麻似是而非的假等義片語，它們勾肩搭背朝我竊笑。回答方式是這樣的：英文詞彙用德文解答，德文詞彙用英文解答。唉！字義原本就已足夠混淆，解答卻要互用相對的語言，很多字並不是不會，而是當我們在路上奔波了一整天，當我們在基地裡排隊了許多個小時，當我們在沒有暖氣的帳篷裡半夜考試，肉身疲倦到極點的時候，不管用什麼語言都好，腦子也只努力發出一個訊號，怎麼想也只有一個訊號：我．要．睡．覺。

前面的克麗絲丁在日文的「大丈夫」一字下，輕輕鬆鬆用中文答「男子漢」三個字，這個她一般應該不會犯的錯誤，都是中文作答誤導了她。我踢踢她椅腳低聲說：「喂！不對喲！答案應該是『沒關係』喔！」她一聽，恍然大悟拍拍自己的頭，前面監考的士官馬上對我們叱喝起來。轉頭看茱莉亞，她在英文、法文的eventually及éventuellement兩字之間塗塗改改，想要把誤差解釋清楚。回頭再瞄瞄我自己考卷上正在作答的動詞組，一個德文bekommen、一個英文become，德國人常常把英文「我要一條香腸」說成「我變成一條香腸」而鬧笑話，關鍵就出在這個假等義的become。考卷上的這些詞彙大都不難，可是我腦中字典已快停止操作，翻來覆去愈加糊塗，說來說去說不清。

時間已接近凌晨三點鐘，我的腦海只剩一團漿糊。阿拉伯大叔不斷在詛咒這樣的考試時間，其實大家心裡有數，這根本就是軍方的「陰謀」，他們要確認的是，萬一在緊急狀況之下半夜把翻譯叫起來，翻譯腦子裡的語言機器是否還能正常操作？

五點鐘是起床時間，可是現在人人都還沒入睡。我和茱莉亞互打了個眼色，兩人同時推開椅子站起來，咱不玩了，反正有阿拉伯大叔們在，最後的鴨蛋絕對不會是咱捧的，管它三七二十一，咱交卷回營房睡覺去！

伊拉克的駱駝

龐大的軍事組織有一天出了個小小的差錯，這小小的差錯造成了這樣一個後果——不通阿拉伯語的我，被當成通曉阿拉伯語的翻譯，安置到了伊拉克戰前集訓營。

軍中一貫講究服從，我接下任務後未曾去質疑、核對，就馬上收拾包袱隨大隊離去，被接送到相關地點的時候，下了車這才發現，啊？眼前白花花的一群是浮動的阿拉伯長袍，耳後黑壓壓的一陣是我腦中的暈眩。天啊！我來到什麼地方了？我火速跑到辦事處去問個明白，負責人也大吃一驚，「伊拉克」怎麼會輕易冒出個華裔面孔的女翻譯？一個不懂阿拉伯語的華裔女翻譯？

長官說：「既來之則安之，短時間內也不可能安排你回去，你就權充休假吧！好好地早睡早起，起來後遊手好閒，沒有人會怪你。」

就這樣，我在基地裡開始了炮聲連天的度假生活，有幾個通曉阿拉伯語的女翻譯天天在辦公室裡忙，沒人理會我。還沒過上三幾天，我就開始體會到失語的痛苦，對一個本來天天和語言打交道的人來說，有話說不出是何等不堪的折磨啊！我不禁想起那些大兵，他們是如何在語言不通的地方生活的呢？

就這個一念之差，我學起了阿拉伯語。

老師是個五十開外的伊拉克男子，一對一地，兩個鐘頭後我好不容易背好基礎阿拉伯字母，除了發音如走鋼索還有點歪歪斜斜，一不小心就會滑步走調以外，字母聽寫居然完全及格。老師嚴肅地說：「下課，明天再學阿拉伯字母的另外三種字形變化。」一轉身我聽見老師偷偷在問長官，這個翻譯是不是隱瞞了她曾經學過阿拉伯語？我忍不住竊笑，我並沒有學過阿拉伯語，我們翻譯大軍裡很多人都必須學上多種語言，在我通曉如蜻蜓點水的幾種外語裡，阿拉伯字母顯得不陌生，是因為我在伊斯蘭教普及的國家成長，長官跟老師當然不知道，那些字母和我是久別重逢，我暗自慶幸它們長得還跟以前一模一樣，要是它們也搞一套中文繁體變簡體的「進化」，我恐怕就再也認不得它們了呢！

就這樣，上課學阿拉伯語成了我的主要任務，學完字母學完字形變化，老師開始帶我四處去認字，街招、路牌、車子上的字。再來就是讓我看電視考我聽力，聽半島電視廣播，當然我什麼也沒聽懂，除了「阿拉乎阿巴」、「因夏阿拉」、「安呐依是咩某某某」或「薩巴依可麗」等問候語，而我自己拼出來的第一個阿拉伯字是「薩旦狐仙」。

然後有一天，老師開始教我一個字：Habibi。我常常在阿拉伯流行樂裡聽見這個字，現在才知道它的意思是「親愛的」。學會這個字以後，「哈比比」成了個奇怪的符號，一再承載這個老師的不妥，我好像突然變成了他的私有財產，早晚都發現他跟在我身後，緊緊盯著我的一言一行，隨時隨地要我認字發音。如果有別的阿拉伯男性來跟我說話，他事後總要句句問明白他們跟我聊的是什麼。更糟的是當我跟別人談話的時候，他索性大搖大擺橫在中間。陰魂不散的控制欲讓我漸漸感到可怖，在語言這個民族文化符號的框架下，阿拉伯語的學習變相成了對一個外籍女性獨立人格與思維的逐步侵蝕。我嘗試以文化差異的角度來理解此老師的行徑，鼓起勇氣用西方習俗要求他尊重個人隱私與自由。這下好了，他不再跟著我，可是他那如鷹眼神無處不及，形成一個嚴密的監視網。隱隱地，我也察覺到了其他阿拉伯男人之間爭奪地盤似的較勁，女性不過是貨品，用來堆砌、鋪陳他們的權力與地位。

一段時間以後，我跟長官說：「我覺得自己正漸漸蛻變成一頭駱駝，一頭不堪負荷的伊拉克駱駝。我不要學阿拉伯語了，可以嗎？」

長官覺得學習阿拉伯語半途而廢非常可惜，一再說他自己學了兩年都還停留在「因夏阿拉」的階段，所以勸我繼續，或者給我安排更換老師。我想美國人盤踞伊拉克幾年，到底也還沒弄懂文化背景的差異，在一個長幼有序、男女有別的社會，一開始跟個伊拉克男性學阿拉伯語就已經是個錯誤，再半途更換老師，難免涉及面子問題，且會在新舊兩人之間埋下矛盾的種子。以男性的尊嚴去換一個女性的方便，阿拉伯男人的強烈自尊經受不起這種摧殘。

好吧！那麼我就再試試一段日子吧！密集的課程下，阿拉伯語其實只要三個月就可以基本掌握，我應該嘗試忍耐，下課以後我就不再是那人學生，咱來個公事公辦。可是這回那伊拉克老師的言行舉止開始變得非常可笑，他看見我時，下巴總會抬得高高地，一副不屑的樣子。他開始使壞，對長官投訴我偷懶、不認真之類的閒話，而且常常在食堂故意插隊攔在我面前。他對另外幾個女翻譯突然變得熱情無比，嚇得那幾個人趕緊來問我發生了什麼事。我大笑說：「沒事的，他不過在以阿拉伯男人的方式懲治我而已，對你們的熱情只為了突顯對我的冷落，可是我哪裡會吃醋呢？他弄錯了一點，我們並非阿拉伯女人，自身的價值並不建立在來自男人的肯定上。」

決定放棄的那一天，我很客氣跟老師道謝，然後表明不再學習阿拉伯語，他臉上突然笑咪咪地，說：「好的，狎××！」

「什麼是狎××？」我問。

他說：「自己查字典吧！反正你也不學了，我沒有義務告訴你。」

我當即翻字典，裡面清清楚楚地解釋：婊子。

我刷地一下站起來，幾乎控制不住想摑他耳光，這個所謂的語言老師實在太令人噁心。我忍耐了這麼一段時日，一再告誡自己極力去適應以男性為中心的伊斯蘭文化，可是我的所有努力，在這個心懷不軌的傢伙齷齪的目的達不到後，到頭來就該被他鄙視為婊子？就那麼幾秒時間，我瞪著眼前這個猥褻的男人，他還在傲慢無比地冷笑呢！強壓下怒火，我一言不發轉身就走。

在這段說長不長、說短不短的日子裡，跟阿拉伯男人相處的經驗是如此令人沮喪，他們的字典翻遍也找不到對女性的「尊重」這兩個字！大大小小事件裡他們對待女性的態度，是何等大的文化衝擊——街上當眾摑自己妻子耳光的丈夫，原因不過是別的男人看了她一眼；那幾個魯莽以沸水燙傷我的手，不協助急救竟還開懷大笑的民工；那些在食堂為食物大打出手還要女性為他讓座的伊拉克翻譯，或者指揮著要女翻譯給他們倒茶端水的官兵。許多蠻不講理的處事方式，終於在這句「狎××」裡變成駱駝背上的最後一根稻草，動搖了我一直深信不疑的，關於文明對話勝於文明衝突的理念。我雖然明白這是個特殊的環境，這一少數並不代表整個群體，然而我還是壓制不住內心對這類男性至上觀念的厭惡與反感。

黃昏時分，我坐在基地大石上看士兵們三三兩兩地經過，眼前疲憊已極的士兵幾乎個個都在蛻變成駱駝，人人都有他心中無法承載的那最後一根稻草，長在這片盛產駱駝寓言的土地上。

幸福的糖果

像養在深閨裡的姑娘般，人數稀少的女翻譯被軍隊圈養在基地這個深閨裡，輕易出不得大門半步。

稍具風險的任務都分派給男翻譯去負責了，閨女們天天在營地裡巴望，巴望出門回來的哥兒們，給大家講講外面世界的精彩故事。男翻譯或者男兵們，也很喜歡被閨女們纏著要聽故事的那種英雄感，他們侃呀侃地——螞蟻小兵通過翻譯和沙漠蛇蠍談判；碩大的駱駝蜘蛛愛上了夏威夷大兵，把自己辛苦織出來的互聯網讓給那哥兒無線上。女生們聽得一愣一愣地，皆大歡喜。

這一天，被太陽曬得垂頭喪氣的我，在營地路上被人叫住，抬頭一看，是自己排裡的班長迪奇和約瑟。擁有三個小孩的迪奇看見我這毫無鬥志的樣子，就從軍包裡掏出一把花花綠綠的糖果要送給我吃，我婉拒後約瑟就說話了：「怎麼給你糖果你也不要？有糖果吃是很快樂的事啊！」

我看著他們，不斷搖頭，我的胃有點毛病，一向不能多吃甜食。為了應付軍旅生活的體能所需，軍隊供應的食物大多高熱量，我已經被甜食弄得腸胃極不舒服。可是不管什麼理由也罷，拒絕甜食一般都會被牽扯到「你是不是在減肥」這話題上，我只好勉為其難地解釋：「天氣那麼熱，糖果甜膩膩的實在叫人受不了。」

「你真是身在福中不知福！有糖果吃還想減肥。伊拉克的小女孩，作夢都只夢見糖果，可是糖果偏偏不易得。」約瑟一副大義凜然的模樣。

「我知道我知道。」我拚命點頭，饒了我吧哥兒們！天氣這麼熱，你們卻來跟我談糖果跟幸福的指數。我掙扎著想，要不乾脆接過糖果算了？可是為時已晚，「哥哥講故事症候群」發作，約瑟開始給閨女講故事，外面世界精彩的故事……

「我們到鄉下巡邏的時候，偶爾從裝甲車上撒糖果，天女散花似的，小朋友們都搶得不亦樂乎，簡直就是一場糖果嘉年華，沒有人會拒絕的。我們撒呀撒地，撒得很快樂，感覺自己完全是個聖誕老人呢！」約瑟說得眉飛色舞，我聽著，卻實在不忍心去提醒他，聖誕老人不會開坦克去派糖果，聖誕老人身上不帶槍。

「那些小孩，男的女的，衣衫襤褸，鞋子破舊，看著實在可憐，唉！」迪奇歎息著說，「後來我們出去巡邏，都成了規矩了，一大包一大包地帶著糖果及飲料去分

派。」

說話的迪奇語氣有點不自覺的溫柔，他一定是想起了自己的小孩。在這個時候，聽故事往往就變成給大兵們心理治療，因為翻譯是「外人」，他們比較願意對翻譯敞開自己的內心世界，勝過去向軍中牧師傾訴。我於是告訴自己要平心靜氣去聆聽，要隨著大兵關心的話題去嘗試了解他們的心情。

「小女生還可以在外面亂跑啊？」我說，「小時候我媽媽只會嘮叨『不可以吃陌生人的糖果！』。」

「哎呀！那些小女生才真正

可憐喲！開始的時候我們不知道，臨空就撒一堆糖果，撒完一看，搶拾到糖果的清一色都是男生，小女生在後面怯生生地，什麼也沒有得到，也不敢跟男生們去搶。」約瑟說。

「那些哥兒也真沒意思，難道不會得了糖果後再分給自己姐姐或妹妹吃嗎？」說完我馬上就察覺自己是白痴一個，伊拉克男性是如何對待女性的？我又不是不知道。也許，我內心還在隱約期待一個奇蹟，那些像白紙一般的幼小心靈，或者還未被性別歧視的觀念所汙染，還保持著對自己手足毫無條件的寵愛？

「哈！」約瑟果然對我翻白眼，他臉露不屑：「他們搶到糖果馬上就塞到自己嘴裡了，還會考慮到自己姐妹？」

「後來知道了，我們派糖果就只派給小女生，男的一個也不給。」迪奇說。

我正要拍手叫好，正想開口罵「活該那些臭男生」時，約瑟卻突然激動起來，他語氣急躁地數落：「派完糖果，我們車子才開沒幾呎遠，就發現那些臭男生在揍那些小女生，搶走她們手上的糖果，那些狗爹養的，年紀小小就已經學會欺負女生了啊?!」

我聽到這裡，也不禁跟著氣憤地詛咒：「果真是狗爹養的啊！」那些挨揍的小女生，實在太令人為她們感到心疼，還那麼小的年紀，就已開始被男性沙豬所欺凌，在如此環境下成長，她們被扭曲的心靈就會以為男人打女人是理所當然的，怪不得我所認識的阿拉伯女性總是對家庭暴力逆來順受。

「不過後來我們就有了對策，分派糖果的時候，把男生都趕開，把小女生都圈在車子周圍，給她們糖果、餅乾、巧克力，給她們冰鎮飲料，叫她們馬上吃馬上喝，吃完喝完才可以離開，可是有些小姐姐居然還捨不得自己享用，說要留著帶回去給哥哥或弟弟。」

「唉！女生與生俱來的母性，是不管在任何惡劣環境裡，都想著要把他人照顧好的。」我感歎。看著約瑟與迪奇這兩個大兵，心中掠過一丁點感動，我沒有對他們說出口的是，他們心裡還真有個柔軟的角落啊！我想像一個美麗的世界，在那裡，兵哥哥寵愛小弟弟，小弟弟寵愛小姐姐，幸福的糖果在每個人手裡爭相傳遞。

「這些小女孩，就只有這短暫的時間可以享受一點點寵愛，也只能有這個機會讓我們大兵疼愛疼愛。她們長大後，等待著她們的世界將會艱苦無比，到時只能自己疼自己了。伊拉克這地方，男人哪裡知道女人是用來疼的呢?!」迪奇說。

我認真地看了一下迪奇，輕輕笑了起來，他可真是個世紀好男人喲！如果他還沒結婚，單憑這句話就會有很多女人願意嫁給他的，懂得女人是拿來疼的男人畢竟不多見。

我伸出雙手把迪奇的糖果接過來，像接過一掌心的幸福，幸好我不成長在沒人疼的伊拉克。

路上一輛悍馬❶車歪歪斜斜地開過，約瑟與迪奇瞪了一眼，吐口痰後不約而同輕蔑地說：「早就猜到是個女的在開！」

我看著面前這兩個男人，不禁重重歎了一口氣！感到太陽突然就又熱起來，我也從幸福的雲端摔落地。通過比較才能感受到的幸福，並不是真正的幸福。把糖果又還給迪奇，我沒好氣地乾脆搪塞：「你知道女人總是善變的，所以你們的糖果我還是不要了。我在減肥，而減肥讓我感到幸福。」

❶悍馬：High Mobility Multipurpose Wheeled Vehicle (HMMWV)，軍用多用途輪式車輛。

沙漠玫瑰

臨時接到後援任務，我得跟著大兵們出發到某個村莊外一公里處，在那裡守候、等待下一步行動的指令。

一路尾隨布蘭得利（Bradley Tank）裝甲戰車開過來，它所揚起的沙土都從天窗而降，大兵們灰頭土臉，我臉上也多撲了一層免費的蜜粉。等呀等地，炎炎夏日正好眠，雖然軍中非常忌諱大兵在車裡睡覺，可是我們這輛車裡，先是開車的約瑟頭靠在方向盤上沉沉入睡，然後輪到班長抱著槍枝東倒西歪，接下來是排長，強撐著也免不了一再打起瞌睡來。偷得浮生半日閒，我把笨重的鋼盔摘下，換上軟帽低低地蓋著臉，斜靠在防彈衣上，也跟著飄然入夢……

不知什麼時候開始，細細碎碎的說話聲輕輕敲醒了我的夢，我聽見排長在跟約瑟及班長輕聲聊天，雖然乍醒還睡，職業訓練卻讓我像兔子般豎起了耳朵。那三個傢伙侃呀侃地，不時忍不住哄然大笑，也許因為我還在「睡覺」，他們就又拚命想壓低笑聲。其實大兵們是很有教養及禮貌的，尤其在對待女性的態度上。

「後來呢？那個沙漠玫瑰的下一步行動是什麼？」排長問。

約瑟回過身來瞧一瞧坐在他後座的我，猶豫著要不要繼續說下去。我在軟帽下趕緊瞇上眼睛一動也不動。我不知道他們原先在聊些什麼，然而「沙漠玫瑰」是個美麗又具有誘惑力的詞彙，把我從睡夢中猝然喚醒，我要聽這個故事，就得繼續裝睡，免得我的存在妨礙了他們談笑風生的興致。經驗告訴我，有些精彩話題大兵是絕對不會在女生面前說的。

「沙漠玫瑰沒有放棄她的努力，總是想方設法找機會接近我。有一天，我剛從流動茅坑出來，她居然就站在那外面等著！」約瑟說。

我一聽見內裡風光讓人遐想無邊的「茅坑」兩個字就要發笑，約瑟接下來的話就真的讓我差點失聲大笑出來。他說：「我剛剛『完事』，哪裡還應付得了她啊？」車裡爆開一陣狂笑聲，排長「噓！噓！」著要別人壓低聲量，可是明明他自己才是笑得最大聲的那一個。

「然後呢？」班長往我的方向瞄了瞄，催促約瑟。

「某天晚上，我才回到自己營房，沙漠玫瑰就來敲門。這妞肯定視察好了，營房除我沒有別人。她站在門口，扠著腰，凶巴巴地吼『你裝個什麼蒜？』我這一聽，膽子立時就縮成了花生米！」

笑聲再度爆發，我趁亂快快吐了口氣。這個寶貝約瑟身高一米八，我無法想像他如何能在「沙漠玫瑰」的淫威下變成顆小小的花生米。

「結果，我只好半推半就把她迎入房，這婆娘……」

我裝睡不過是要聽聽沙漠玫瑰的故事，我還以為那是什麼類似法國聖修伯里《小王子》裡的玫瑰那樣動人的浪漫故事，可是大兵版本的《沙漠玫瑰》情節發展完全出乎我意料地不堪入耳，雖然它們非常好笑。我臉上不由自主尷尬地發燙，我都想好了，「醒」來後第一句話一定要大大聲抱怨：「這天氣實在熱，你們看我是不是都熱得滿臉通紅了？」

排長聽完故事下結論，他說：「所以你那天是被俘虜的？」

「是，長官！」約瑟回答。

「所以你那天，性別錯置，變成了扭扭捏捏的小姑娘？」

「是的，長官！」一米八約瑟居然點頭同意。

「所以你那天，請問一下，在軍中當女人的滋味如何？」

「我覺得自己變成了一隻小兔子，溫馴可愛，在伊拉克的荒漠裡逃無可逃，在玫瑰荊棘叢中絆倒，心跳急得無法呼吸，既慌張又期待，最後只好乖巧地犧牲在沙漠玫瑰的魔爪下！」

聽見約瑟這壯漢突然一口氣吐出那麼詩意的形容，再配合腦子裡他變成一隻飽受驚嚇的小兔子的想像，我再也控制不住「哈哈哈」地大笑出來！笑到一半，才發現這回車裡可是一片寂靜，那三個原本笑個不停的人都露出極其意外的表情瞪著我。

天氣的確熱極了，瞧他們臉上火辣辣地紅到耳根子就知道！久久，排長才冒出一句：「你不是在睡覺嗎？」

噩夢的開始

接到一項特殊任務，要到某個荒僻地點去小住一陣。我一看名單，呼吸就開始變得急促，名單上一共二十人：十五個阿拉伯男翻譯及五個女翻譯，女翻譯裡除了我及一個美國女生艾瑪之外，另三個是阿拉伯女雇員，我全都不認識。這不過是任務範圍內的人選名單，目的地的當地雇工，人數上百，也就是說，我將跟一百多個阿拉伯男人相處一整個月！

老實說，我害怕這樣的任務，非常害怕，文化之間的差異太大，讓人無所適從。過去半年來的工作範圍與中東事務無關，我早已淡忘較早時和當地男人相處的不愉快經歷。現在，突如其來的工作調動，幾乎又讓我回到那噩夢中，壓力沉重得無法形容。收拾行裝的時候，同伴安娜關切地提點：「記得只有兩個字：忍耐！」

是的，遇到任何事，也只能咬緊牙關忍耐。幸好部隊裡大家心照不宣，發生任何摩擦、糾紛的時候，長官們一般都袒護具西方背景的翻譯。認真說來，用「袒護」形容並不恰當，應該理解為長官們對事情的評斷都傾向西式標準，尤其當涉及「女性平權」爭議時，在原則上不會輕易妥協。

上半年與伊拉克相關的任務結束時，針對所有發生過的矛盾，上司還總結出問題所在，他說：「我們也感到詫異，為什麼飽受困擾的往往是你，而不是其他歐、美裔的女翻譯？經過分析與觀察，總算得出結論。第一，當然，因為你是女的，糟糕的是，你還是唯一的亞裔女翻譯。第二，相對於其他歐美翻譯，你對當地人不曾展現任何優越感，換句話說，即是缺乏自我保護，對他們的同情成為你絆倒自己的地方。第三，你熟悉伊斯蘭文化，跟阿拉伯人相處時採用穆斯林模式，而諷刺的是，恰恰這點對你自己形成了困境。第四，具伊斯蘭文化背景，是個亞裔女子，言行舉止、思考模式卻又相對開放、西化。所以，在一個保守的，以男性為權威的世界，你是個離經叛道、不守婦道的女人，他們覺得有必要教訓你，欺負你比欺負其他高頭大馬的西方女性容易，你倒楣成了所有女翻譯的代罪羔羊！」

我百思不得其解的困惑，大都在這個分析裡找到答案，上司他們恐怕花了不少時間仔細觀察，才得出如此透徹的結論。本來，了解伊斯蘭文化應該讓我更容易融入阿拉伯社會，但問題在於，當我以穆斯林模式和他們相處時，換來的卻不是相應的尊重，而是相對的要求，因為他們就會以穆斯林的標準來要求我，把我對他們文化的理解誤當成認同。我不再被允許有自己的意見，必須承受男人對我頤指氣使，必須對男人言聽計從。一旦我不贊同或反抗，就會遭受那些男人們集體的圍剿與打壓，即使只是一件小小的事，例如用餐中途拒絕給某個男人讓座，也會引發激烈的憤怒，幾乎想將人置之死地的程度。我一直不了解，那動輒爆發的憤恨到底從何而來？幾個女翻譯回家度假前已遭遇死亡威脅，幸好軍方反應敏銳、果斷，才適時制止了可能的災難。可怕的是，不管再怎麼謹慎地過濾翻譯員人選，也沒法完全保證這當中沒有化身翻譯的恐怖分子存在。所以，當矛盾產生的時候，有人就會利用這層顧慮來威脅，揚言退役後定會花一輩子時間來索命。如果有人願意花上一輩子的時間來索取他人性命，只為了報不肯給他讓座吃飯之仇，那就無怪乎阿拉伯世界裡，各派人馬窮幾世紀都沒能停止的仇恨與殺戮，他們都堅信自己擁有充分的理由與正義，把異己趕盡殺絕。有人倡議「那麼就讓座」的妥協文化，在我眼裡，那樣的態度是懦弱的，是文明的倒退，我吃飯吃到一半，憑什麼要我站起來讓座？只因對方自認是高高在上的男性，而我該是奴顏婢膝的女性？讓座本來是小事，如果提出的人要求合理，比如殘障人士，且言語客氣，我一般不會拒絕，但是去放縱一個壓迫女性的男性沙豬達到自己狂妄的目的？對不起，我絕不妥協。

經過漫長的旅途奔波，將近十個鐘頭後，終於抵達執勤目的地。我貫徹自己的決定，不輕易開口說話，不同陌生人打招呼，更重要的是，臉上絕對不能帶有微笑，善意的微笑往往被誤解為輕佻，為可能招致的性侵坐實了罪名。累積太多太多我個人以及其他女翻譯的不愉快經歷，採取如此冷漠的態度完全是迫於無奈，其實跟我本性相違。我這回決定摒棄穆斯林言行模式，不再作任何文化上的遷就，如果有任何人敢來挑戰這一點，在美軍基地認為我應該以當地習俗與他們相處，把它與「尊重」掛勾，我一定會尖銳地反問：「如果你真希望得到尊重，那麼請問一下，你是以什麼樣的尊嚴來吃美國人的飯？」

身處如此特殊的環境，我一定要學會好好保護自己，我已經做好充分準備，噩夢也許很快就要開始。

鬧劇

夜幕低垂，負責炊事的竟來得及給我們準備好熱騰騰的晚飯，抵達後的第一頓正餐。

排隊領飯，當然讓阿拉伯男翻譯及當地雇員先行，我和女翻譯艾瑪殿後。艾瑪一見到我，就認定我們在「戰略上」必須形影不離共進退。

「他們只欺負落單的人，如果我們是一群人，他們就不敢放肆。」她說。

她口中的「他們」指的是誰？不言而喻，可是「我們」明明不是一群人，撇除大兵們不算，攤開手掌數來數去，只用上兩根手指頭就把「我們」數完了。另外三個阿裔女雇工不算數，這一點英文詞彙用得好：You can't count on them，不能指望她們。敢情造字的人，不管中西，造字當年就預知了「指望」其實就是一種指數——用指頭數。你不能指望阿拉伯女人在矛盾產生時會為你仗義執言，一旦和阿拉伯男人發生衝突，落井下石的往往就是她們。當然，她們也是迫於無奈，在由男人主導的世界裡，女人不可能與男人為敵，在男權淫威下，她們已經習慣以男人為真理的化身。

吃飯的隊伍緩緩移動，餓壞的人們開始鼓譟，首先是叫罵配飯的人動作太慢，然後是隊伍裡互相推擠而開始了肢體上的小衝突。

營地負責人過來安撫：「你們少安毋躁，飯食足夠餵飽大家的。不過為了公平起見，第一輪的分量大家一致，等所有人都吃飽了，剩下的你們可以自由添，添多添少，添幾次都沒關係。」

食物都盛在不鏽鋼箱子裡，一格格安置在保溫箱。一個箱子大概盛上三十人的食物，按照翻譯只有二十人的情況來看，只要從保溫箱裡抬出一箱來分配就足夠。其餘的食物，我們都知道，那是為整連大兵保留的，他們還沒回營地。

負責人才剛剛離去，第一句爭吵就開始了，一道聲音凶神惡煞喊的是：「你故意給這點東西，這點東西你這隻母狗自己拿回去吃吧！大概也只夠塞你的肛門。」

我和艾瑪馬上搖頭，異口同聲說：「看，鬧劇立刻就上演，連一天都不必等。」

負責配給食物的工作人員有禮貌有耐性地解釋：「並不是給你的分量特別少，大家都一樣的。總管不是說了嗎？待每個人都分配完後，你要多少都可以再添給你，待會你可以再來的。」

可是那個流氓連聽都不聽，他高舉那個盛著食物的紙托盤，一反手，將食物「啪！」地一聲大力倒扣到食物箱子上，頓時菜汁飛濺，飯粒撒得滿地都是，只見他很快又抄起另個托盤，用手，天啊！真的就用手，往食物箱裡捉起一把炸雞腿，而且就專挑碩大的，擱在自己托盤上，再左撈右撈添加飯菜，來回睨視一番，就心滿意足轉過身大搖大擺地走了。

兩個工作人員臉都氣黃了，有幾個人低聲安慰他們，並協助把桌子收拾乾淨。經過這一胡鬧，分配食物的進度當然又慢下來，隊伍裡的人更加鼓譟了，奇怪的是，他們並不是抱怨那個鬧事的傢伙，而是繼續詛咒那兩個分配食物的工作人員，這到底是怎樣的一種心態？

然後，又來了，又一個鬧事的傢伙，他指著那被倒扣過食物而現在顯得亂糟糟的食物箱子說：「這裡面的食物我不要了，我要另外溫熱、乾淨的。」說著，指了指保溫箱。

工作人員說：「對不起啊！那裡面的食物是留給大兵吃的。」

鬧事的人口氣強硬：「你就給我裝一份會死啊？一份能有多少差別？」

工作人員忍氣吞聲，也許是想避免另一次衝突，他黑著臉打開保溫箱，給那混蛋裝了一份「乾淨」的食物。目擊這事發生的阿拉伯人裡面，當然也有搖頭無法苟同的，卻也沒有人說什麼。可是沒過一會，居然又跳出一個挑釁者來，他帶著傲慢的語氣命令：「我也要保溫箱裡留給大兵的食物。」

工作人員客氣地解釋：「你既知道是留給大兵的，為什麼還開口要？」

「別人可以要，我為什麼就不能要？」那人野蠻地責問。

我和艾瑪重重歎上一口氣，這分明是故意刁難，為什麼吃飯也要搞得如此烏煙瘴氣？就在我們一錯眼之間，前面居然打起來了，打人的人大吼：「我就是要教訓你什麼叫做公平。他人可以要的東西我為什麼就不能要？欺負我啊？」

公平？他要的公平就是這樣的公平？處心積慮預設一個不公平的陷阱，自己跳進去攪糊後再高呼不公平？

工作人員挨上一拳，氣得快瘋了，卻很克制自己不去還手，他扔下大勺子轉身就走，徑直走到營地總管那裡去，他甩手不幹了。

我最後一次看見為食物大打出手的畫面，應該是《國家地理頻道》上有關野生動物獵食的紀錄片，人類為口腹之欲而付諸原始打鬥的手腕，我有幸在我不缺食糧的人類文明裡不曾經歷過。

《箴言》書上說：「平靜相安地吃一塊乾餅，勝過筵席滿屋，吵鬧相爭。」

我轉身對艾瑪說：「我是再沒胃口在這裡吃飯的了，我情願到外面露天吃MRE❷去，你呢？」

❷MRE：Meal Ready-to-Eat，美軍口糧。

遍地黃金，留下腳印

營地有五所流動茅坑，一所留給女生專用，算是非常周到的安排。

簡陋的住宿對我不是問題，吃方面我也可以餐餐口糧ＭＲＥ，反正能填飽肚子就行。不能穿得花枝招展，硬是讓制服把女性身段都裹得性別模糊也無所謂。沒有娛樂，無法上網的基地歲月，我也樂得耳根清靜。唯有茅坑，它是我軍隊生活裡難以克服的，最大的折磨與挑戰。

我從來不用「廁所」來形容那個暫時性功能的大塑膠箱，只有「茅坑」兩個字才最為貼切。打開門，入目一個高起的方形座面，中間一圈挖空的核心地帶，馬桶蓋子掀開來，沒有馬桶圈，裡面赤裸裸的黃金萬兩，叫人觸目驚心，說是茅坑，自然就沒有抽水設備。因為當地宗教習慣，使用過的馬桶兩側總是濕漉漉的，坐下之前還得先去拭乾，替別人善後，鋪上再多的馬桶圈墊紙也還是讓人心生疙瘩。如果是男女混合茅坑，牆上的汙痕……唉！這話題就此打住。說實話，從前初次面對這樣的茅坑時，我的腸胃翻江倒海了好幾天，幾個女翻譯甚至更情願結伴去用露天廁所。

清晨起來，我痛苦地準備去面對我的人生挑戰時，茅坑裡突然衝出一個人，一看，是憋紅了臉的艾瑪，她氣呼呼地，見了我就馬上拉著我的手，把我逼到茅坑前。

「你看你看！哪個沒進化的傢伙，留下這樣的殘局讓別人收拾，這叫人怎麼坐上去？」

我還能不看嗎？

茅坑幽深的黑洞兩旁，整個座面都是鞋子印，黑的黃的黏答答的泥土印。我原本還以為那是排泄物，可是重重疊疊的鞋子印說明它分明是泥土對鞋子的眷戀，它令我當場傻了眼，想不通為什麼鞋印會跑到那上面去？我的思維霎時掉進了眼前的黑洞，像掉入文明很遠很遠的時空隧道，最終落足於底格里斯河和幼發拉底河兩岸，看見兩道河流匯合成阿拉伯大河，向古老的人類文明淌去，向源遠流長的如廁文明淌去。

我一拍腦袋！哎！我怎麼可以忘了，這地球還有超過一半的人們仍然在用蹲式廁所？這當然無關對錯。我們那些蓮步姍姍、斯文的阿拉伯女同事，在面對坐式廁所時，顯然變通著適應，竟兜起長裙爬上了茅坑，也就留下了這一灘灘的鞋子印。由於形象的反差實在太大，我開始覺得滑稽，竟對著茅坑哈哈大笑起來。

艾瑪見了我的反應，更加怒氣沖天，她氣呼呼地吼：「她們到底怎樣辦到的？夜裡黑漆漆的，洗得水淋淋的，爬上去也不怕雙腳滑入坑洞嗎？她們如何保持平衡？她們難道表演午夜特技？」

她這一問，我更加笑得幾乎斷氣。

艾瑪這個新鮮人，憤怒得馬上就要去投訴，硬是被我拉住了，她辦不到像我那般嘻笑，來給自己鬱悶的心情平衡一番。置荒謬事務為可笑而不是憤怒，那是諸多匪夷所思的事件給我形成的人生歷練，艾瑪不會明白。其實，怎樣的如廁習慣也罷，最重要的一點是不應該給他人帶來麻煩。如果給他人造成的不便引起了抗議，也不該就將抗議提升為文化歧視，然而非常無奈的，事情往往偏朝那方向發展。我拍拍艾瑪肩膀解釋：「你當然也不願意從此被人冠上種族主義者的名堂，對不對？我們還要在這兒待上一陣呢！你先忍一忍吧！」

中午，營地總管突然召集所有人，他臉色至極難看，人到齊以後，就領著我們浩浩蕩蕩往茅坑方向走去。我想起茅坑座上的特技表演，捉住艾瑪的手臂又開始唧唧笑起來，綜合經驗，我已經約略猜到營地總管生氣的原因。

營地總管確定每個人的視線都能對止茅坑後，就吩咐一個大兵打開其中兩個茅坑的門，讓大夥好好地看，仔細地看。我早已決定我什麼都不要看，茅坑裡還能有啥好東西呢？可是傻艾瑪竟然還是眼睜睜地盯著瞧了，隨即脫口而出驚呼連連：「HOLY S×××！」

聖潔的糞便乎?!我抱著肚子又開始笑得樂不可支，艾瑪那句英語竟突然有了具體的意義，列隊張望茅坑的我們，誰說不像在朝聖？

根據艾瑪語無倫次的形容，那個男生專用的茅坑邊上遍地黃金，分量高得驚人，你不得不驚歎一個人的腸子裡怎麼能裝上那麼多的東西！而且因為宗教習慣，如廁後必須用清水沖洗自己，所以整個茅坑地面都淌著黃金溪流，好幾個裝水用的礦泉水瓶就散落在茅坑各處。

總管很凌厲地發話：「我已經說過，你們要坐要蹲要跪要站著如廁，都是你們的選擇，我尊重任何一種如廁習慣，反正關起門來，你要怎樣處理都是你自家的事。可是我不是提醒過了嗎？把東西留在它該留的地方，把該當帶走的東西帶走。昨天，有大兵半夜踩到地上的空瓶子，幾乎摔到坑洞裡，今早，有人留下這樣的遍地黃金給別人收拾。」

一些人嬉皮笑臉回應：「哎呀！下次爬上去時瞄準一點就好啦！」

這一句火上澆油，總管更生氣了，他厲聲說：「我的祖父母那一代，曾經因為膚色而經歷過乘車不能選擇座位，某些地方不可進入的侮辱，我不想也假文化習慣如此這般把歧視加到別人身上，但是，」總管重重強調：「你們不要逼我！如果這樣的情況再次發生，我就不得不將廁所一分為二：『西式習慣的廁所』以及『阿拉……』，不，『非西式習慣的廁所』。到時候你們要把廁所如何搞都由你們自己負責，反正不准再踏入標明『西式』的廁所。你們難道真的要我這樣劃分？」

文化習俗如果一定要以明文規定的方式來分門別類，不管是基於膚色或性別或國籍，它當然就輕易落入偏差歧視的範疇，總管的嚴厲提醒具有智慧。

幾個年紀稍大的當地雇工，站出來打圓場，說他們要代那些不知名的犯事者道歉，並且願意自動自發去清洗茅坑，請總管息怒。我聽著這幾個耿直的人的建議，心下還是有點感動，這是阿拉伯文化裡極度讓人敬重的態度——年紀大的人往往替年紀輕的人承擔責任，因為他們覺得沒有教育好年輕人是自己的錯。

然而年紀輕的那幾個傢伙又如何反應呢？我聽見他們在那裡不屑地說：「願意自動去清洗的那些人，肯定就是他們自己拉的屎。」

艾瑪聞言，忍不住對那批年輕人的揶揄怒目相向。其實，有人自願去清洗髒兮兮的茅坑，原是件值得慶幸的事，起碼總管不會懲罰所有人集體去洗了。

離開流動茅坑後，我對艾瑪笑說：「關於我們女生茅坑裡的腳印，我倒是有句話可以安慰你，讓你苦中作樂一下。」

「什麼話？」艾瑪沒好氣地問，提起茅坑腳印她就憤意難平。

「那句話就寫在世界各地幾乎所有國家公園入口，以後你上茅坑看見腳印時，就想像自己去的是國家公園吧！現在你猜猜看，那是句什麼話？」

艾瑪想了想，就開始大笑起來，大聲地說：「Take nothing but pictures, leave nothing but FOOTPRINTS!」（除了照片，什麼也別帶走。除了腳印，什麼也別留下。）

從此以後，艾瑪不再說「我要上廁所」，她現在要上廁所時總是對外宣稱：「我要去國家公園！」

為了一扇門

我們暫仕的房子其實斷瓦殘垣，五個女生被安排住進一間只有十五平方米大小的「臥室」，沒有現成的床，搖搖擺擺的幾片木板，勉強搭成一張張單人床，床上沒有床墊，只有各自的睡袋。由於白天與夜晚的溫差太大，工兵在牆上破口硬是塞進一圈塑膠管，夜晚送進機器攪搞出來的熱風，權充暖氣。我害怕這種暖氣，它吹進來時，帶起了地上累積經年的塵埃，在空氣中飛揚，然後一一被我們吸入肺部，往往弄得我咳嗽不停。我和艾瑪已經用極為有限的水擦拭了幾次地面，但還是沒辦法將沙塵清除乾淨，它們從房子各處破漏的地方繼續鑽進來。

儘管我和艾瑪非常努力去適應我們的臨時居所，然而幾天後，兩人在室內卻開始感到窒息起來，那不舒服的感覺除了來自熱風捲起的塵埃外，還加上這個——我們的同伴除下她們的裹頭巾後，空氣裡彌漫的一股怪味道，她們並不經常洗澡。我和艾瑪絕對尊重女性裹上頭巾是人家的宗教習慣，它所帶來的一切不便我們也都沒有怨言。可是那個晚上，由於連日來與工作無關的折騰與壓力，我一聞到那股異味後，胃竟忍不住一陣翻滾、噁心。我一把推開臥室的門，衝出去在外頭大力呼吸，舒緩不適，感覺稍稍好點後，我回身入房，決定把房門打開，流通一下空氣。這間臥室除了牆上的破口，沒有窗。

我才轉過身，就聽見有人對我大吼：「你把門給我關上！」

這一聲怒吼真可謂石破天驚，來自一個年紀稍長名叫黑莉娜的女雇員，我客氣地對她說：「我們把門打開通通風好嗎？只要五分鐘就好。」

黑莉娜卻不同意，一分鐘也不讓，她吼叫說氣溫開始下降，她覺得冷。艾瑪一聽，就氣炸了，她回吼說：「那麼你有必要這樣大聲吼人家嗎？有話難道不能好好說？你說你冷，你鑽進睡袋不就成了？」

黑莉娜被高頭大馬的艾瑪一吼，倒是不敢再大聲嘶叫，可是她還是堅持要關門，一分鐘都不能打開。另兩個年紀比較輕的阿拉伯女子，被黑莉娜牽制著，也不得不附和，直說是的氣溫太低感覺很冷。

我對艾瑪說：「算了吧！我今天帶睡袋到外面走廊去睡。」再怎樣的情況下，我跟艾瑪都不敢，也不好意思明明白白地說：「你們那股『騷味兒』實在快熏昏我們了！」

第二天清早，當另外三個人都離開臥室後，艾瑪大大地打開門，說：「趁那些人不在，就打開門讓空氣好好流通一天，反正到下班以前她們也不會回來，再閉門繼續悶下去，我們也快要變成騷包了。」

黃昏時分，當我下班踏入臥室時，猛地一陣叫罵聲撲面而來，三個人齊齊衝我喝罵的是：「你這個婊子！你為什麼讓房門一整天洞開，現在室內溫度這樣低，連床鋪都已經冰凍了，你想害我們生病是不是？」

我愣在門口一時不知道該如何反應。在我過往的生活環境裡，很久很久以來，都沒再經歷過如此大吼大叫的說話方式。在日本，在德國，這兩個我曾經長久居住過的國家，人們但凡意見不合的時候，都會文明地選擇先跟對方談談，就事論事地溝通，極少出現情緒失控而互相叫罵的情況。情緒失控者往往被視為情商低下、無能。現在這個對人沒頭沒腦的叫罵場面，由於真的太久沒有經歷，我竟一時說不出話來。太陽才剛剛下山，白天的熱溫才剛剛要下降，而她們竟抱怨床鋪已經「冰凍」？雖然把房門打開的人不是我，可是我並不喜歡供出艾瑪以求自保的方式，所以我決定什麼也不辯解，實行以聽而不聞的方式去回應，如此叫罵不值得浪費時間。這態度或者來自德國式的傲慢，面對不講理的人與事，我不介意傲慢一回。我收拾好自己的衣物，準備去洗個澡，艾瑪還在帳篷裡吃飯。

我在狹小的浴室裡淋浴到一半，聽見有人推門進來洗手，然後很快「啪」的一聲，電燈被人熄掉了，門被大力甩上，我雖然在黑漆漆的浴室裡已連喚幾聲，那人卻還是沒聽到。到底是哪個笨蛋竟沒留意到浴室裡還有人？毫無辦法之下，黑暗中我只好一步步摸索到門邊去找電燈開關。

洗完澡回到臥室，吃完飯回來的艾瑪拎著衣物正要去洗澡，她跟我簡短地說了幾句話就走了。我正把沐浴用品擺到架子上時，電燈「啪」的一聲又被人熄掉了，漆黑中三個女人狂笑起來。這下我才恍然大悟，剛剛在浴室裡發生的事並不是哪個人的疏忽，真相是，這幾個女人開始整我了。

我再次摸黑走到門邊把燈按亮，等我轉身回到床前，一個女生跳起來，很快地撲向門邊，又把燈熄了！三個人又再次狂笑起來，用我聽不懂的方言彼此樂得不可開交。我在黑暗中歎息了一聲，這還是神聖的齋戒月呢！看看這些霸凌的行為舉止吧！我不過開了五分鐘的門透透氣，現在就要經受如此處心積慮的懲罰與報復，而報復的方式是那麼幼稚！我不再去按亮電燈，拿出軍包裡的手電筒來照明，把個人用品收拾好後，我大聲說了句：「祝你們玩得開心！」就鑽進睡袋裡躺下。

然而事情並沒有結束，浴室的燈還是偶爾會突然熄掉，再不然就是我從浴簾後圍著毛巾出來，才發現浴室的大門洞開，經過的人都可以望進來。男翻譯開始有意無意吃豆腐，沒看見什麼也誇大成啥都看見了，他們不正面調戲，而是用上外號來言語輕薄一番，這的確聰明，因為只要不明明提及我的名字，我就不能投訴他們性騷擾。偶爾通宵工作，我白天睡覺，就會有人輪流到臥室製造噪音，讓我不得好眠，有時候是鋼盔重重摔落地，有時候是兩個人故意大聲說笑。最後，當我發現睡袋竟透著尿騷味時，我知道，是時候向上頭反映了。

其實，我一早已經知道，我和艾瑪畢竟屬於「少數分子」，就算向上頭反映，也還是要吃虧的，很多事情發生的時候，都被人聰明地挑選了艾瑪不在場的時刻，我死無對證。

總管把五個人都請到辦公室，事情一如所料，所謂惡人先告狀，黑莉娜大嘴一張，指著我說：「這人根本不尊重我們，在我們的傳統文化裡，臥室門是絕對不會打開的，她就故意去打開，開一整天，害我們換衣服時都被男人看見了。」

我一聽，當場傻掉，她居然給我扣上文化歧視的大帽子來指控我？原本她們堅持不開房門的理由，難道不是因為所謂「氣溫低下」嗎？何況，我們的臥室是內室，門側向著大廳，屋外的男人根本不可能看進來。這些人還真狡猾啊！這樣一個理由，總管當然是要責備我的，尊重當地文化習俗一直是軍中耳提面命的法則。

艾瑪沉不住氣，她大聲打岔：「喂！我們原先開門的理由是為了透氣，幾個人擠在一間小房子裡，讓空氣流通根本就是必要的，你不必搬上文化習俗來壓人。」

縱使怒火中燒，我和艾瑪原先就有過共識，怎樣也不能提裹頭巾，宗教的敏感性，我們是很小心防衛的，這個話題不能輕易觸及，也幸好有過這個共識，不然萬一激動之下提到裹頭巾的異味，在黑莉娜口中不就成了宗教歧視？

可是黑莉娜卻開始控訴：「她們兩個是種族主義，不尊重我們阿拉伯人。」

她話還沒說完就被打斷了，總管很嚴厲地說：「這不過是個開不開門的問題，跟種族有什麼關係？臥室要透氣，尤其人多的臥室，這根本就是普通常識，睡醒後更應該如此，密閉的房子對你們健康都不好，尤其有人生病的時候。從今天起，我這樣明文規定，白天開門一整天讓空氣流通，晚上七點以後就關門保暖。」

「我們在這裡真是二等公民啊！這不是歧視我們的文化習慣嗎？這不是太不尊重我們的宗教習俗了嗎？」黑莉娜呼天搶地。

我忍不住搖頭，艾瑪氣得直翻白眼，總管卻不客氣地警告黑莉娜：「你給我留心你說的每一句話，我慎重提醒你！」

以後的日子，報復的小動作一再重演，然而都只是針對我，而不是艾瑪，儘管艾瑪為了茅坑的腳印與水跡一再跟她們起衝突，可是往往當災的是我。她們摸清楚了我不會大吼大叫，我堅持以文明的教養去鄙視潑婦罵街，完全不肯讓自己降到和她們一樣水準，我有更重要的事情要做，然而她們把沉默看成了示弱。

雖然只是寢室裡的是非，但是顯然的，經由三個女子加油添醋的口舌，周遭阿拉伯男性們開始處處為難我跟艾瑪。許多大兵都留意到我所承受的凌辱與欺負，在工作上皆有意無意護著我。可笑的是，謠言開始流傳開來，說有個軍官夜夜和我大被同眠，我開門就是為了給他方便。說這話的那個阿拉伯女子言之鑿鑿，儘管謊言存在邏輯上的絕對不可能，但所有阿拉伯男性卻都毫不保留地相信了。謠言其實並不困擾我，困擾我的，是明知道自己說的是謊言，在神聖的穆斯林齋戒月，她們如何辦得到在每個清晨起來跪拜上蒼，用同樣的那張嘴去作虔誠的祈禱？

所幸事情很快就有了結果，總管在某個黃昏把我叫進辦公室，說：「我們都知道你承受很大委屈，我叫你進來就是要告訴你，放心吧！事情一定會解決的。」

第二天，黑莉娜就被開除了，而且永遠列入軍隊的雇傭黑名單。走以前，她憤憤不平對其他人控訴，說我的開門舉動「原本就是想害所有女人生病，讓每個女人都被遣送回家，然後得以獨占所有男人」。現在，她自己雖沒生病，可是婊子的目的就快達到了，她已經作為第一個受害者被遣送出營。

開門事件的指控，從文化衝突裡的「換衣被男人看見」到「夜夜有軍官大被同眠」，到現在進展為「想害所有女人生病好獨占所有男人」的最新版本，我除了啼笑皆非，實在說不出自己還有什麼感受？難以置信的是如此荒謬的指控也還是有人深信不疑。唉！可笑復可憐的女性附屬思維啊！人生所有的努力與目標都建立在男人身上，所有事物的動機都圍繞在男人、男人、男人這一點上，她們還以為天下女人皆如此！

我對艾瑪感歎：「她的工作一點也不具難度，在這兵荒馬亂的時代，這份工作提供的高收入對她而言是多麼重要，可是為什麼她卻一點也不珍惜，給別人製造這麼多問題，讓自己失去這樣一個難得的機會呢？」

艾瑪聳聳肩，說：「對於這樣的人，我一點也不同情。為了一扇門，那樣一點小事，竟集中所有精力去折磨你去報復你，人生的意義難道只在於此嗎？她的舉動本來就在潛意識引導自己走向預設的，所謂『受歧視』的後果。算了，這種不懂得反省，只一味以受害者的心態去怪罪他人的人，就讓她到外頭去繼續實現自我預設的預言吧！」

遇見雨果

雨果是將軍的翻譯，我們在訓練營裡認識。開始的時候，我並不知道他是阿語翻譯，因為他長得就是一副混血兒的模樣，像歐洲人多過像阿拉伯人，也許因為名字，怎樣也沒法讓人聯想到他原來有著阿拉伯血統。雨果在伊拉克出生，比利時長大，英國受教育，在德國短暫工作，而父母在家以阿拉伯及法國文化影響他。結果，他跟我一樣，文化背景變成一鍋大雜燴，我們一拍即合。

由於是將軍的翻譯，雨果的待遇又比別人高一等，全天候的貼身保衛，出入享受一級招待，工作極少加班，亮相時都在重要場合，大多數時候乘黑鷹直升機出行。當然雨果本身是優秀的，在翻譯全員評估中，他名列前茅。將軍本人把他當兒子一樣看待，很熱心替他計畫將來，甚至要給他辦美國綠卡。令翻譯們最為羨慕的，是他輕易就得了不少罕見軍品及將軍幣。

雨果本人是不囂張的，他除了對阿拉伯同僚傲慢以外，對其他人倒是有禮兼客氣。有人羨慕他的工作時，他就故意大女人般地歎息：「唉！軍中為何沒有女將軍？」明是感歎男女沒平權，暗是傷懷軍中缺女人。

有一次我故意要求：「雨果，我跟你調換好嗎？讓我試試看任職將軍翻譯的滋味如何？」他不懷好意地笑，說：「我會幫你打聽將軍的電郵、電話，ＯＫ？任職將軍夫人其實比任職將軍翻譯踏實得多，你對人生應該具有『遠大的抱負』！」

專跟我找碴鬧事的女雇員黑莉娜被軍隊開除那天，我獨自在帳篷外隱蔽的角落踢垃圾桶平衡情緒，一腳腳節奏性地踢，垃圾桶依舊穩如泰山。踢得太投入了，我的思緒早已飛離軍營，飛到當年東京澀谷的非洲酒吧Piga Piga Africa，我跟朋友們慣常聚會的地方，激動人心的非洲大鼓，咚咚咚敲打著，陣陣扣人心弦，喚醒每一寸肌膚每一個細胞回到原始的跳躍。

「啪啦」一大響！有隻飛毛腿橫空而出，一舉踹下我正踢著的非洲鼓。再見了，東京！遠離了，非洲！是哪個馬鹿野郎❸把我強行扯回人間地獄的啊？我轉頭怒瞪飛毛腿的主人，是雨果！他站在那裡正對我嬉皮笑臉。

「你這恐怖分子，你想嚇死我嗎？」我也學他飛毛腿踢過去，他結結實實挨了我一腳。

「你自己看看！」他伸手指指遠處，「那邊人家已經觀察你至少五分鐘。」

我隨著雨果指的方向望過去，哎呀！屋簷下立著三個人——總管及兩個排長，見我終於發現他們，齊齊拍掌大笑起來。

「他們覺得你迷人極了，完全忘記自己是在什麼地方，那麼認真，那麼認真，踢垃圾桶！」雨果又開始捧腹大笑。

「都說認真的女人最美麗，不是嗎？」我白了他一眼，心裡確實有點尷尬。關在基地與世隔絕生活了太久，那些人會不會以為我已不正常？

「為了什麼事要拿垃圾桶洩憤？」雨果關切地問。

「還不是為了那些人。」不用明說，雨果自然知道我指的是什麼人，「你如果也在這裡就好了，我就不用如此落單。」

雨果長長地歎息：「你知道的，連我也沒辦法跟這些人相處的，這群人是烏合之眾，有別於外界那些客氣有教養的阿拉伯人。」

我點點頭，是的，在德國上大學的時候，我所認識的阿拉伯同學都是極聰明極有禮

❸馬鹿野郎：日文罵人的用語，意思是笨蛋混帳。

貌的，那樣的阿拉伯人想當然地也不會落到美國軍事基地來做事。雨果其實也挺可憐的，他一方面不願意放棄自己的民族特徵，另一方面又為自己族人的不長進感到非常生氣。他是我見過的，最棒的阿拉伯人以及穆斯林，各方優良的傳統都能在他身上找到，可是就是這樣的人，成了眾矢之的，在以往的任務中，他幾乎每天都要和其他男翻譯起衝突，如果他不是將軍翻譯，我猜他早就被人暗算。

「記得這點，我用最簡單的方式解釋——當你跟一個兒童說話時，你必須用兒童的語調，兒童的思維，兒童的方式。如果你用上成人的想法，成人的邏輯，成人的責任，那麼我可以告訴你，跟這群烏合之眾周旋，你一定失敗。」

「比如？」我還是覺得無法理解，雖然這是個再簡單不過的比喻。

「比如，為了管制這班無法無天的人，此地總管用上這樣的方法，他把鬧事的其中一人找來，請進辦公室，裝著不知道這人就是個愛惹是生非者，他用誠懇的語氣對那人要求：『我實在需要你的協助，我相信只有你可以辦得到，所以我現在將這責任託付給你。你知道的，某些人吃飯時不肯安分，只有你，還有你那些朋友，卻是非常非常懂事非常非常明白什麼是責任感的人。我希望你幫我維持秩序，你盯盯看哪個人不守規矩，ＯＫ？我知道你一定辦得到的，你跟其他人真的很不一樣！』說完，只差沒像父親那樣摸摸他的頭，讚他一聲『乖』呢！那人回去後，果然自我感覺良好，他也相信鬧事的是其他人而不是自己，後來吃飯就天下太平了！」

什麼？真的如此容易？

「真的！這是安撫的方式，讚賞激勵的方式，是非顛倒的方式，推心置腹的方式。像教養一個頑劣不堪的小孩，再不耐煩你也得這樣，他們永遠以為使壞的是別人而不是自己。這已經是個停滯不前的文明，它雖然還沒沒落，可是就像一個不再學習的孩子，畫地為牢，放緩長大。它還眷戀著自身過去的輝煌，放不下曾經的體面，講究別人對自己的禮數，卻繼續忽略對他人的禮數。極度的不自信表現出來，就成了極度的自大，再也容不下批評，還往往把自身的衰敗視為被迫害，以野蠻的手段打壓他人文明之餘，還以為是自己文明的勝利，看不見那是自身的倒退。所以你看看這些人的行為，哪一點不在在反映出問題所在？」

呼！畢竟是個對自己文化極度了解而又極具反思能力的人，雨果這番話雖然尖銳，卻也發人深省。對自身文化的專制與頑固雖說是一種文明停滯不前的阻因，然而讀歷史的人一定都明白，當一個文明經受另一個文明挑戰而失敗時，它如果為了防衛而產生排他性，故步自封的下場，就決定了它必定走向衰亡。如果它放開胸懷允許變更，敞開接納的心胸，這個吸納異域因素的文明將更加壯大。

和雨果有一下沒一下地踢著垃圾桶聊天，我的心情大大平復下來。遇見雨果是我的幸運，我希望能更常遇見雨果，能有更多人遇見更多的雨果，那麼，跨越文化的藩籬，偏見將得以修正，對話將成為可能。

羊入狼群

一、狼計

吃晚飯的時候，一個右手臂吊著三角繃帶的陌生人走到我桌前，也不管我是否正在進餐，張嘴就無禮地問：「你就是×××，對嗎？V基地來的×××，是不是？」

我放下刀叉目無表情望著他，心想你既已知道我名字，而目前就我一個華裔面孔，那麼你還裝什麼蒜？被這樣一大群陌生人圍繞著生活，我對於大兵以外的任何人都帶著戒心，女翻譯們一致認為，不友善的態度遠比友善來得更為安全。這個莫名其妙出現的傢伙，葫蘆裡不知賣什麼藥？待他第二次想要確認那的確是我的時候，我照舊啥也不答，不置可否，這下，他直接表明來意：「有人告訴我，說你懂得針灸、推拿，我剛剛受了傷，軍醫說是肌肉扭傷，他給我診療後，建議如果每天能讓人按摩一下，會復原得更快。我現在疼得很，你能不能給我治療？我知道針灸止痛是非常有效的。」

我一聽，頓時有點惱火，這又是哪個傢伙作的宣傳？得了我的好處卻不設身處地替我想想，我雖時常給翻譯們針灸、指壓，但我現在置身於一個文化、習俗、價值觀都跟西方世界大不同的地方，在一個充滿性別壓抑的社會裡，涉及肌膚接觸的針灸，往往就是口舌是非的開始，這不是明明白白給我惹麻煩嗎?!

我搖頭簡短地說：「對不起，我不會。」

「可是司機迪摩確定你會！」那人急忙強調，「他告訴我你怎樣助他戒掉菸癮，如何治好幾個大兵肩膀的毛病，而且所有翻譯的肌肉痠疼都是你給治好的，他大力推薦我來找你。」

我心裡一邊抱怨那個粗心的德籍司機迪摩，一邊盤算要如何不落痕跡拒絕面前這個人。對這些人來說，女人是呼之即來揮之即去的東西，在食堂那麼多人面前，如果我這女人竟膽敢拒絕他，他面子上掛不住，恐怕就會開始一連串的報復行為。基地生活已經有過太多實例，丁點小事都能被激化為殺父之仇。我人單勢薄，專門刁難我的黑莉娜剛剛被軍方開除，我實在不想又惹上一批仇深恨重的復仇分子，權衡利害，我知道一味否認看來已不是辦法，我心中另有算盤，小心謹慎地，我話鋒一轉：「吃過飯後再說吧！」

那人卻一把從口袋掏出支藥膏就要遞給我，說：「那麼這個醫生開的藥膏就交給你了。」

我感到意外極了，這人還真狡猾啊！他算計到了我可能在敷衍他，信不過我，所以掏出個所謂的信物來套牢，來確保他的目的一定達到，這城府之深實在令人反感，我不留餘地馬上拒絕：「不必，藥膏你自己帶著吧！」

我決定好了，吃完飯後趕快溜回辦公室，用上拖拉、推延的方式，讓他找不著我，幾天下來，估計他也就復原了。

我慢條斯理吃飯，慢條斯理和艾瑪及安琪拉聊天，安琪拉是個替補黑莉娜的德國女子。我磨上一個鐘頭，那人坐在我斜對面，也等上一個鐘頭。他看來已對整桌阿拉伯人宣告我會給他針灸推拿，因為他們全都時不時轉頭看我，那股陰沉眼神，叫人輕易就瞥見其中不懷好意，他們其實是在監視我的動靜。

擺脫盯梢對我來說簡直小菜一碟，在兩位同伴的掩護下，我成功逃離食堂，躲在辦公室裡很久也不出來。待工作完畢回到休息的地方時，其中一個阿拉伯女人，盼我盼了很久般，滿臉笑容迎上來，說：「哎！我剛剛聽說你會按摩，而且技術非常好。我睡這床板已睡出腰疼的毛病，你能不能給我按摩一下？」說著，一邊扭動腰身揮動雙手滿臉痛苦的表情。

消息流傳之快著實令我感到詫異無比，我看著面前這胖大、無恥的女人，她臉上擠出一副刻意討好的笑容，她難道忘了幾天前她還在言語上凌辱過我？她以為她悄悄在我睡袋撒入沙土的事不為人所知？她到底如何辦得到屁顛屁顛突然來逢迎？黑莉娜離開後，樹倒猢猻散，情勢也變成了二比三，餘下的兩個阿拉伯女人已不敢再跟我們三個非阿裔的女翻譯鬧事，可是這態度的轉變也未免太快了。知道這些人心胸狹窄兼報復心重以後，我都盡量不去招惹她們，我希望用上最大的忍耐，去和這些人相處。對於她突如其來的要求，我保持禮貌淡淡回道：「對不起，我診治患者的時候，一定要用上特定藥膏以及針灸細針，現在我手邊沒有這些東西，沒辦法治療你。」

沒想到這女人聽罷居然從衣服下襬掏出支藥膏，變魔術似的，說：「我有呢！穆斯達法把藥膏交給我保管了。」

我一聽，意外得答不上半句話，原來這一個個狡猾的傢伙，竟已把意圖串連得如此滴水不漏？如果我真給穆斯達法治療，就一定要找藥膏，而找藥膏就一定要找到她身上，那麼，她就絕不會錯過要我也給她「按摩按摩」的機會。

艾瑪見狀，走過來不客氣地故意大聲提醒我：「喂！我們待會要開會，哪兒還有時間處理這些閒雜事？快去洗澡吧！」說完，硬推著我去收拾好洗澡用品，就拉著我同安琪拉一塊出了房門。路上，艾瑪破口大罵：「人家工作了一天一夜，憑什麼叫人給她按摩？看她那滿身肥油！世間沒有免費的午餐，要按摩，就叫她先付錢吧！下次她再來，你就明明白白跟她開個價。」

坦白說，在一個生命如此脆弱的地方，我從未放棄過想與人為善的信念，即使是一個曾經陷害我的人，我覺得如果她釋放出善意，就應該給予正面回應，也許就能一勞永逸解決彼此間的矛盾。我以為，文明對話永遠是解決文明衝突的好方法。當然，現在我書寫這些過去的經歷時，我才明白，當時的我是多麼的天真啊！

二、狼權

當一個阿拉伯男人想要從你身上得到什麼的時候，他是不屈不撓的。如果你不幸還是女生，那麼，你倒盡八輩子的楣了，因為他會將他的目的視為自己當得的權利。

穆斯達法在那天晚上沒有找到我後，開始發揮他不達目的不甘休的毅力，在我逃匿的路線圖裡，我每次都能發現他的身影。我鬼鬼祟祟躲了一天半，自己也開始感到無聊起來，吃飯、上班、洗澡的路線就固定那幾條，我雖成功擺脫他的盯梢，卻未免要問自己，我又沒做錯什麼事，為何卻要顯得如此心虛？所以，到了第三天晚上，我選擇堂堂正正步入帳篷去吃飯，不再吃軍糧ＭＲＥ。

不出所料，餐盤剛剛擱在桌上，還沒舉刀呢，穆斯達法就已靠在我桌前，凶巴巴地問：「你什麼時候才要給我治療？你答應的事難道還食言？」

我看著這個連吃飯都不給人安寧的傢伙，心中無名火四起，我什麼時候答應過他了？正要發作之際，腦海突浮起同伴雨果曾經的提點，有關和這些烏合之眾相處的方式。他說為了避免招惹禍端，必須把這些個當作頑劣不堪的小孩來看待，不必較真，只要耐心與其虛與委蛇或給予適當「啟蒙」。坦白說，我實在怕極了再度無故遭惹事端，所以，深呼吸之後，我說服自己暫時就把眼前這傢伙權充有待教化的小孩，盡量避免跟他正面衝突，他現在身上帶傷，難免脾氣大些。再次深呼吸之後，我一改語氣，用商量的口吻向他建議：「吃完飯再談，好嗎？」那語氣之平和，連我自己都感到噁心。

但是沒想到的是，我放緩的語氣卻換來對方強硬的回應：「我疼得兩個晚上都沒辦法睡覺了，你幫個小小的忙也不行？」

我大力擱下刀叉，到底沒辦法耐著性子，把面前這滿臉鬍碴的混帳男人當小孩來安撫！我也語氣強硬地反問：「你要我幫忙？要我幫忙你還如此高調？事先張揚得全營人都知道了我要給你『按摩』的事！我學的是針灸，不是你們色瞇瞇以為的按摩！

我也算對伊斯蘭教有點認識，你這做法，不是已陷我於不義了嗎？你還敢說要我『小小』的幫忙？賠上我的名譽去給你『小小』的幫忙？我豈是為你們服務的！」

穆斯達法馬上露出非常詫異的表情，很無辜地：「我對誰都沒有提起過啊？」一邊用手搔頭毫無頭緒的樣子，那表情虧他還裝得出來。我實在沒興趣跟他對質，同這群人相處好些日子了，我早就知道他們善於演戲，尤其撒謊的時候演技更是精湛。見我不再搭理，穆斯達法突然彎下身，幾乎就要跪在我桌前般，扭曲著面孔開始祈求：「求求你吧！求你高抬貴手幫助我，我真的疼得受不了了。」

如此近的距離，讓我突然窺見他眼裡隱隱透露的凶光，他雖然狀似懇求，可是躁動與暴戾在那後面伺機待發，我沒來由地背脊發涼。這情況讓我很快意識到，如果我繼續拒絕，他即將採取的報復手段不是我可以招架的。我對他的拒絕，相對於我曾無償治療的無數歐美翻譯，很容易會被視為對人採取的雙重標準，可以輕易被煽動成是對整個阿拉伯族群的歧視；我如果再堅持男女授受不親的教條，看來很快就會被扭曲成是對伊斯蘭教的偏見。這些，都足以讓任何一個狂熱分子取我性命。我已經遭受過死亡威脅以及黑莉娜的折磨，他們後面都有一股族群力量在支撐，我知道我不能再繼續莫名其妙樹敵，軍方現時保護得了我，但不能每時每刻一輩子保護我，我已經被逼到牆角，不得不去和我極力避免的衝突周旋。

就在這一刻，穆斯達法突然立直身子，意識到我的堅決，他放棄懷柔方式，板著臉意味深長地警告：「哼！你就看看你救治人，能救治到什麼時候吧?!」

不出所料，這句「到什麼時候」已經隱含性命威脅，不可掉以輕心，我畢竟身處一個陌生、複雜的環境。在他連續的嘲諷中我快速思考對策，想來，調整心態才是當前急務。如果在這件事上處理不當，在這個充滿暴戾的地方，那後果或許就是致命的。

看著面前的穆斯達法，我一字一句清楚地說：「你答應我三個條件，我就治療你。第一，你我都明白，伊斯蘭教義裡，未婚男女是不准碰觸彼此肌膚的。你要我治療你，我就一定得碰你，雖然這僅僅是醫療上的必須，但是為了保護我的聲譽，你對誰也不准再提我給你針灸的事。第二，治療場所在總管辦公室，你得預先得到他的准許，它一定要是件堂堂正正的事。你讓他安排第三者在場，那麼我就不是單獨跟你在一起，可以杜絕之後可能出現的閒言閒語。」

本來以為再沒指望而準備翻臉的穆斯達法，見我突然同意，臉露狂喜，在我提條件的時候，不斷點頭，一一答應。

「第三，」我接下去：「我的工作是翻譯，不是醫護兵，為了杜絕更多的人來找我治療，也為了表明我這是『行醫』，我一定得收費，象徵式的，我只收你十美金，一點也不貴。我強調，就是象徵式。」

本來點頭如搗蒜的他，一聽我提收費的事，臉色馬上就變了，他大力甩頭：「什麼？要收錢？那就不必了，我才不稀罕你的治療！哼！」隨即揚長而去。

原本一直安靜聽著我和穆斯達法過招的艾瑪大笑起來，笑得肆無忌憚：「啊哈哈哈！你看見了？他點頭點頭突搖頭，多麼滑稽啊！哈哈哈！」艾瑪邊說還邊大力模仿著點頭、點頭、突甩頭的動作。

我笑答：「哎！還是你的點子好，收取費用果然令這些人退避三舍。他不稀罕，這才正中下懷呢！」

安琪拉啐了一口說：「這些人也真奇怪，憑什麼認定別人有義務為他們服務？收費治療或拒絕治療，不都是你的權利嗎？何況收費本來就理所當然，畢竟是他在麻煩你；被拒絕了原也該欣然接受，那是你的決定權。這不都是基本的教養與對他人的尊重嗎？這混蛋！他簡直是打算強迫你嘛！不過，幸好事情這麼容易就解決了。」

我們輕鬆吃完晚飯，飯後愉快去散步。三個人未免開心得太早，我們以為已經解決的事情，其實並沒有解決。不是說了嗎？當一個阿拉伯男人想要從你身上得到什麼的時候，他是不屈不撓的。如果你不幸還是女生，那麼，你倒盡八輩子的楣了，因為他會把他的目的視為上天賦予的權力，而這權力容不得任何女性去妄想否定。

三、狼相

在茶水間給自己倒熱開水，我小心翼翼地，恨不得背後也長著眼睛，來留意是否有人突然出現。半年前被一群冒失的阿拉伯男人碰撞，其中一人不小心將滾燙開水倒翻在我手背，他們立時的反應是大聲嬉笑而不是協助急救，視我的痛苦尖叫為最佳娛樂，那情景叫人畢生難忘。在我以往的生活經驗中，意外發生時，什麼人也好，尤其是男性，他們的反應一定是急速趕來，很紳士地關切詢問有沒有受傷，然後主動幫忙收拾殘局。這樣一群阿拉伯男人衝著別人的災難而大笑而袖手旁觀的反應，令我受到前所未有的衝擊。

熱水倒好了，我正要轉身，竟真的差點又和一個人撲個滿懷。抬頭一看，是陰魂不散的穆斯達法，他連道歉都不必，開門見山就說：「我改變主意了，我願意付你十塊美金。這痛楚實在太折磨人，你就行行好，治療我吧！」

在茶水間，穆斯達法歪打正著選對了地點，燙傷事件記憶猶新，我到底不是個衝著別人災難去幸災樂禍的人。這回，我在惻隱之心的驅使下，加上他既已答應了全部條件，為了一了百了地擺脫他的糾纏，不及思考後果，我竟點頭答應了他。當然，我還是沒有忘記強調：「記得我所開出的條件，你先去跟總管商量商量，他也得同意才行。」

穆斯達法面露喜色：「我這就去安排。」

半個鐘頭後，我到總管辦公室去，準備治療穆斯達法。總管本人非常好奇，希望可以看看針灸是怎麼一回事？另外，也請來翻譯員主管當現場證人，以避免事後流言蜚語的出現。穆斯達法脫下上衣，我立時倒抽一口氣，天啊！這還是人的背部嗎？他整片背脊黑猩猩一樣長滿卷曲的長毛，由於天氣悶熱加上舉手不便，他大概已經三天沒洗澡，異味撲鼻而來，彌漫在空氣中。

坦白說，我早已被流動茅坑加裹頭巾的異味熏上好些日子，如入鮑魚之肆，所以再添個背毛異味，也就久而不聞其臭了。我往自己鼻頭狠狠抹上辛辣的驅風油，就開始給穆斯達法的肩、背傷處塗上厚厚一層藥膏，繼而為其指壓、按摩。他哼哼唧唧地，偶爾大聲叫疼。我問說：「為什麼會受傷？」他不肯答，一旁翻譯員主管說：「他活該，去跟英國大兵打架！」

錯愕之餘我忍不住嗤笑，這不活脫脫就是個冥頑不靈的孩童嗎？英國大兵沒開槍把他給打死，還真是他自己命大。

二十分鐘後，穆斯達法聲稱痛楚已減輕很多，我看出他肩、頸幾個因為手臂無法自由運轉，因而呈現僵硬的部分，另外再給他針灸一下，大大舒緩了他肌肉緊繃形成的瘆疼。給這樣一個大毛人治療，幾乎耗盡我的體力。

療程結束後，我馬上去洗手消毒，洗得乾乾淨淨透透徹徹。穆斯達法在行軍床上睡著了，當然，我這個「醫師」是不會去搖醒他馬上伸手要錢的。總管對中醫之道非常佩服，感歎五千年中華文明的博大精深，我微笑著照單全收。

打開總管的門，我想回到自己辦公室，剛剛踏出去一看，外面站著兩個人，一個穆罕默德和另一個穆罕默德。

穆罕默德們不約而同扭著肩膀涎著臉說：「我們肩膀疼得很，穆斯達法說你可以為大家治療！」

四、狼性

這是我所認識的兩個穆罕默德，一個穆罕默德是雨果的好朋友，是個曾受迫害的埃及同性戀；另一個穆罕默德在我開始學阿拉伯文時給過我一些幫助。兩個穆罕默德，都是我視為朋友的人，他們的要求難以拒絕。

我對面前這兩個穆罕默德說：「你們知道，事情開了頭，往後就會沒完沒了，我可不希望今後所有阿拉伯男人都醉翁之意不在酒地來要求治療。你們明白我的處境？對不對？」

穆罕默德點頭同意，忙著說：「別擔心，只有我們兩個人而已。」

「你們都明白，如果更多的人來找我而被我拒絕的話，他們定會說很難聽的話，定會問為什麼就只願意治療你們兩個，我不必明說，你們都知道這會帶給我什麼樣的困擾，對不對？」

兩個人嬉皮笑臉反問我：「那麼，你為什麼又獨獨答應給穆斯達法治療？」

我看著面前的穆罕默德，長長歎了一聲息。軍事生涯讓我更貼近地看見了許多事物的另一面，衝突的來源，鴻溝般跨不過去的距離。我如立於萬丈深淵之上，要如何喊話，才能讓隔著深淵另一頭的人們了解這邊的意思？這半年來，語言作為溝通工具的信念在我心裡不斷掙扎、動搖，巴別塔的詛咒看來世代靈驗，隔著語言文化的深淵，人類再也無法齊心協力去妄想建造一座通天塔。

我緩緩說：「好吧！如果你們一定要以我們之間的友誼，作為換取治療的籌碼的話，那麼，我對你們也有所要求。就像我跟穆斯達法開的條件那樣，為了保護我，也為了杜絕更多的人來煩我，公事公辦，你們一律得付美金十元的診療費，這並不多，就是象徵式，即表明給你們治療純粹是醫者與病患的關係，也讓那些想占便宜的人止步，因為十塊美金，大多數人還是看不開的，你們同意嗎？」

兩個穆罕默德忙不迭點頭同意，還賭咒發誓說：「你是我們的好朋友，我們一定會保護你的，請放心！」

我搖頭歎了一口氣，回身再去請示總管，總管並不反對再次將他的辦公室權充診所，我這就給兩位穆罕默德開始了針灸，然後照例在針灸過的穴位給他們稍稍按壓一下。治療完成後，他們都露出了舒服到骨子裡的神情，站起來飄飄然就要走，我說：「先生，你們忘了付錢。」

同志穆罕默德說：「我現在身邊沒錢，待會吃飯的時候再給你。」

另一個穆罕默德愣了一下，見我是認真的，掏出錢包付了十塊錢，就頭也不回推門而去。

晚飯的時候，我察覺到了身邊氣氛的微妙變化，付了錢的穆罕默德和我擦肩而過，卻對我視而不見。某些人看見我，竟露出非常鄙視的樣子。由於工作上的需要而找某個人，話沒說完，對方竟然轉身就走，留下我愣在當地。

而穆斯達法呢？他遠遠看見我，大笑著張開雙手哈腰點頭，手臂上的繃帶竟已除掉，頭髮濕淋淋地，看來剛剛洗過澡。我無法相信眼前所見，懷疑自己是不是華佗再世。這人在短短一天的時間裡，居然被我治好了?!

我向穆斯達法走去，要確認一下他是不是真好了？他滿臉笑容，把手臂與肩膀隨意揮動扭轉，一邊讚歎：「太奇妙了！真的好了耶！雖然還有一點點抽痛，可是現在完全可以靈活運用了。」

我伸出手掌，乾淨俐落：「好！付錢！」

穆斯達法開始往後退，一邊笑說：「哎呀呀！對不起，我身邊沒錢啊！你等等，明天我給你。」

我站在當地，看穆斯達法嬉皮笑臉後退著離去。第二天、第三天，當他遠遠看見我就一溜煙逃掉，還攤開雙手做出猥褻動作大笑特笑時，我這才明白，我其實已被這混蛋所愚弄！打從他改變主意回到我面前說願意付錢治療的那一刻起，他壓根兒就沒打算過要那麼做，那不過是欺騙的手段，處心積慮，便是要得到他認為該當得到的「按摩」不可，這沙豬完全無法接受被女性拒絕的事實。他的疼痛，早在我給他治療時應該就已不那麼嚴重，繼續包著繃帶不過是這騙子的狡猾手段，百般耍弄的心機，就是為了一定要讓女人服務他、臣服他。另外一項要他別去大肆張揚的條件，他當然也沒有遵守，早就吹噓得全營皆知他如何智取女翻譯為他「按摩」的事。現在，他肆無忌憚地狂笑，毫無掩飾且洋洋得意著自己的聰明。

憤怒，一下子充滿我的心，被人愚弄的感覺一點也不好受。跟這些人相處的經驗早已一再證明他們全然不可靠，而我卻一再嘗試信任，一次次讓自己成了名副其實的大傻瓜！我深恨自己因著一念之差，而沒把保護自己的「不友善策略」貫徹到底，在誠信與憐憫的基礎上，我最終讓自己成了阿拉伯女奴！在我過往治療過的近百個不同人種不同性別的各國患者中，我從來不曾經歷如此羞辱以及缺乏尊重的待遇。縱然再不願意以偏概全，我還是痛苦地認識到了，所謂民族性還真是存在的東西。《伊索寓言》裡農夫與蛇的故事在我腦海突然清晰起來，兒時聽過的寓言往往在生命經驗裡一一印證。對於某些邪惡的人，絕對不能仁慈，縱使仁至義盡，也只給自己帶來傷害。

那個還沒付錢的同志穆罕默德正好站在我身邊，我對他說：「我現在才總算學會，絕對地拒絕你們，才是完全地保護自己的最佳方式。以後，若再有任何人來向我尋求幫助，在保護自己的大前提下，我也必不再心生憐憫去施以援手，而是必然拂袖而去。」

憤怒之下，這是我這輩子裡，對人說過的最重的話，我一點也不感到抱歉。不要忘了，寓言故事的最後結局，原本應該死去的蛇最後活了過來，而救蛇的農夫卻賠上了生命。毒蛇的本性不會更改，對毒蛇仁慈，就是對自己的愚昧。

五、狼理

吃完午飯，正把托盤置入回收架，神出鬼沒的穆斯達法又突然出現，我快速閃到一旁，連拿正眼瞧他也不屑。身邊的艾瑪及安琪拉狠狠瞪著他，尤其艾瑪，公私分明收診療費的主意從她而來，她文明的腦子想也沒想過居然會出現賴帳加侮辱的局面，所以比我還更生氣！她原本建議收費至少該三十美金，而我認為伊拉克人賺錢不容易，以兌換率一算，十美金已是不少的第納爾❹，所以堅持不肯改價碼，艾瑪當時還強調：「他們賺的也是美金啊！你何必客氣？」

現在，看見那個裝疼騙取「按摩」的騙子竟還敢來跟我糾纏，艾瑪只差沒把托盤甩到他頭上。穆斯達法在這一刻卻突然把十美元紙鈔扔到我腳前，傲慢地說：「撿起來吧！你的錢！」如此奇恥大辱，我轉身就走，鄙夷地拋下一句：「我才不稀罕，謝謝你用十塊錢典當我對你們的信任，這實在賣得太便宜！」

後來，說是穆斯達法自己彎腰又把錢撿起來的，安琪拉趁他直起身那一刻，一把把

❹第納爾：Dinar，伊拉克貨幣。

他。」

錢從他手裡奪過來，趕上我後，說：「別那麼笨！這根本就是他應該付的，不要便宜他。」

在原來的基地裡，翻譯員們有個福利箱，趁大兵離開基地外出時，偶爾就用箱裡的錢託他們給買好玩的東西，或者某個翻譯生日，就以那錢來另外買吃的慶祝。我要安琪拉回我們原來基地後就把錢存到福利箱裡去，這錢我不要。我本來以為，收費針灸如果也無法杜絕真正有需要的人來尋求治療的話，我原準備把收取的費用捐助伊拉克教育機構，讓錢回用到他們自己身上去的。現在看來，這念頭簡直可笑極了！

同志穆罕默德在路上遇見我，很關心地問：「穆斯達法付你錢了嗎？」

我說：「他付不付才不是重點，我已經很清楚地一再說明，收費不過是為了保護自己不受無謂的干擾。這個不守信用的傢伙，針灸的事，他已經把它當『按摩』四處炫耀得人盡皆知，我的麻煩才剛剛開始。」

穆罕默德很同情地安慰：「我昨兒對他說很重的話，提醒他看病付錢原是天經地義的事。如果他還沒付，我這就找人揍他去！」

我這才明白，穆斯達法突然來付錢原來還是穆罕默德施壓的結果，他如此大義凜然，卻對自己也還沒付錢的事隻字不提。我說：「謝謝你操心，他已經付了，可是對我的傷害已經形成，人與人之間信任攸關的事兒，一旦毀了就難以彌補。你看，我當初不願意治療穆斯達法，不就是因為預見了麻煩會發生嗎？不管我答應也好，不答應也好……」頓了頓，我看一眼穆罕默德，乾脆豁出去，說：「一貫地，事情落到你們手裡，總會有超乎預料的荒謬結局。」說完，我決意試探穆罕默德，笑著反問他：「你呢？如果我堅持跟你要你還欠著的診療費，你也會跟我翻臉的吧？」

穆罕默德一再搖頭，「不不不！我一定會付你錢的，而且因為我們是好朋友，我甚至會付你雙倍呢！」說完，很無奈地攤開雙手：「可是非常抱歉，我現在口袋裡沒半分錢呀！不然我一定會馬上付你的。」

聽見穆罕默德如此說，我盡力克制住自己想大笑特笑的衝動，默默看著他，心中的悲涼感又陣陣來襲，他所說的，我一個字都不相信！我再次想起雨果告誡我的話，對待他們，要像對待小孩，我於是說：「穆罕默德，你是我非常要好的朋友，整個軍營裡，我只信任你，所以你絕對不要付我錢。我雖然收另一個穆罕默德的診療費，可是他跟我的友誼，不及你跟我的友誼，那天因為他也在場，我實在不好當他面說豁免你的治療費，幸好你及時就明白，早就沒打算要付。現在，我只有一個小小要求，如果穆斯達法繼續毀謗我，你千萬要為我仗義而言！」

穆罕默德滿口答應：「他敢再亂說，我不會放過他！」

然而事情已經一發不可收拾，我走在軍營路上，總有人把我攔住，言語輕佻要我給他們按摩。有我不認識的低級雇工大言不慚對外宣告：「我本來要找她按摩的，聽說她要收費，我就不稀罕了！」這話聽得艾瑪和安琪拉大笑不已，讓想占便宜的人知難而退，不就是收費制的原本目的嗎？嗤笑歸嗤笑，那番話流露的心態，到底還是令人難以理解，找我治療竟被他視為施予我的寵幸？這是什麼他媽的邏輯？食堂裡，走過穆斯達法坐著的那張桌子，他馬上指著我對其他同僚說：「這是個婊子，收費服務，很便宜，不過十美金。」其他人大笑附和：「這些中國女人，在我們阿拉伯國家，本來就個個是妓女！」

我很阿Q精神地告訴自己：「我不是中國女人，中國是個我從沒到過的國家，他們罵的話跟我無關。」我從前不知道中東地帶竟有許多來自中國的性工作者，通過阿拉伯人的嘲諷，這才引起我對是項問題的關注。如果我早知道「小姐」氾濫，我會在針灸治療這回事上，更絕對地劃清界線。那些漂洋過海到他鄉鋌而走險出賣肉體的中國小姐啊！是她們連累了中國女人的名聲，一如這些蠻不講理的男人，帶壞了其他阿拉伯男人的聲譽那樣。

同寢室的兩個阿拉伯女生，在她們之間的交談裡，開始意有所指地挑釁：「我們基地有個女人，全營上百個阿拉伯男人都被她摸過了呢！」對於女人之間的口舌是非我一向懶得回應，推門而出，帳篷轉角的那個大垃圾桶，竟被我一腳踢翻。我一向不後悔自己做過的任何事，也從不為自己辯解，然而這次因著秉持「有醫無類」的心態幫助人，而給自己帶來災難性的後果，卻讓我恨不得時間能重來。

雇傭公司裡負責管理阿拉伯翻譯員的是莎拉，她同我非常要好。這一天，莎拉因事到訪，正跟我交談時，那不再跟我說話的穆罕默德出現了，他指著我對莎拉說：「這女人真下賤，你為什麼同她要好？」

我實在驚訝一個大男人竟可以如此明目張膽地告狀！他絮絮叨叨描述「按摩收錢」的事發經過，身邊還帶上幾個小男人幫腔，言詞之間不斷惡意中傷，原來這就是他曾經賭咒發誓說要保護我這朋友的方式？我在一旁忍不住搖頭歎息，我早已跟莎拉提過這次不愉快經驗，莎拉當然清楚事情來龍去脈，她很冷靜地回問穆罕默德：「是你自己去要求她給你治療，而不是她去主動要求為你治療的，對不對？她開出的條件，你也同意了，是不是？那麼，在公平的原則上，你還有什麼好抱怨的？」

穆罕默德爭辯：「大家在軍營裡生活，不都是兄弟姐妹嗎？不都是一家人嗎？她怎麼還跟人收費？」

哈！我竟突然成了他的兄弟姐妹？成了他們一家人？真夠噁心的。

莎拉語氣堅定：「你如果認為收費治療不合理，那麼你可以拒絕，沒有人強迫你。現在，為什麼讓她為你針灸後又反口來指責她？她了解阿拉伯文化，你也知道伊斯蘭裡未婚男女彼此間應該遵守的交往方式，收費，就是為了確定她，作為治療者，和你，一個被治療者，兩者之間純粹診治的關係。這是為了保護她的名譽，她家人的名譽，也為了保護她不受其他人騷擾，你付錢難道不是理所當然的嗎？一個大男人，竟為區區十塊錢如此看不開？」

穆罕默德還是心有不甘，他說：「有人給朋友倒一杯茶，還即時開口收錢的？」聽見這個不倫不類的比喻，我覺得沒必要再繼續跟對方拉扯下去，要莎拉離開，莎拉卻不同意，在深受男性壓迫環境裡成長的她，拒絕忍氣吞聲，她鐵了心要依照那些人的邏輯去為我辯護。她回穆罕默德：「倒茶，她的手不用碰觸你的肌膚，給你治療，卻必須，這是兩件不同的事，你不能拿來比較。她已經冒著自己的聲譽代價替你治療，你還不好好感激，竟計較起那麼少的十塊錢？錢給了也罷了，怎麼還四處去惡意中傷她？其實，把話說白了吧！不管她收不收錢診治你，你們這些人，都還是吃定她，要找她麻煩的，不是嗎？想吃羊的狼，作再多的辯解也是徒然。」

穆罕默德開始罵髒話，他高聲質問莎拉：「你為什麼不幫我們自己阿拉伯人？」莎拉強勢回應：「因為我是女人！只要是女人，我就一定幫她們。你們這些男人對待女人的態度，我難道還不清楚？」

穆罕默德勃然大怒，「你這個婊子，跟她一樣的婊子！」

莎拉完全沒有被激怒，笑咪咪地答：「如果我是婊子，那麼，你媽媽肯定也是婊子，才會生出你這樣一個沒家教的婊子兒子。你姐妹、你老婆、你女兒，這些女的，毫無疑問也全是婊子！」

莎拉說完，這才施施然拉著我轉身就走，我佩服得五體投地，原來這是阿拉伯吵架方式？莎拉說：「是的，他罵你婊子，你就罵回他媽媽也是婊子。以眼還眼、以牙還牙，生生不息。」

千百年來的中東歷史，不就包含在這句話裡了嗎？我不由得坐倒在地。文明的探索、理性的分析、邏輯的思考，一舉敗在如此簡單的思維裡。是的，以眼還眼、以牙還牙。解決了矛盾，重複著衝突，而仇恨將沒有終結的一天。

「單憑他罵人『婊子』這句話，我一定把他給開除！」莎拉狠狠地說，繼而環抱我的肩膀安慰：「你什麼也沒做錯，我在這些男人的沙豬意識下成長，是非常了解你的處境的。你拒絕的話，性命會受威脅，你答應的話，上百個人就會成天纏著你要求『按摩』，你收費的話，就是今天這個結局了，一點也不意外！」

總管後來也知道了我的遭遇，義憤填膺的這個美國人拍著桌子怒罵：「還有這樣的事？我會好好處理！不過為了保護你，還請你先忍耐到任務完畢，這事要不動聲色，免得以後他們這些人找你麻煩。」

總結所有女翻譯匪夷所思的各種遭遇裡，這次事件並不算個案。我直到現在也無法理解，為什麼這個文明這個文化裡的男性，無法對尤其是來自女性的拒絕給予尊重，而非要將自己的意願強加在對方身上？欺騙顯得如此理直氣壯，加害者卻深信自己是受害者。他們難道沒有良知？當他們在軍營裡，虔誠堅持一天五次向上蒼伏地膜拜的時候，他們難道不曾摸摸良心反思自己對無辜女子的陷害？我做過了什麼，要被他們如此侮辱？而且是整群人聯合起來對一介女子的欺負與誣衊，彷彿那是殺父之仇？

我沒有答案。

所有惹事或者曾經對我言語猥褻的人，後來都陸陸續續被軍方開除了。管事的人現在暱稱我為「麻煩製造者」，因為在阿拉伯環境裡，有我出現的地方，麻煩就會自動找上門，而沒有阿拉伯人的地方，我是那個讓大家快樂無比的開心果。同樣的我，卻引來不同待遇，這反差實在讓人深思。

莎拉說得對，想吃羊的狼，你對牠作再多的辯解也是徒然。從此以後，我選擇了沉默。對著一個我無法理解也無從理解的文明，我努力過，現在不得不放棄。我既不願意輕率地說它是文明的衝突，卻也深深體會到對話的困難。我選擇沉默，文明的沉默。

問君能有幾多愁

管炊事的因為有其他任務要忙，要求兩個女翻譯替他分擔發派晚餐的活，我一聽要給那些麻煩的阿拉伯男人分配食物，二話不說，逃之夭夭。

晚餐時間我躲躲閃閃等到最後才去領飯，忙得一塌糊塗的艾瑪及安琪拉看見我，雙手扠腰假裝凶巴巴地吼：「不幹活的人不准吃飯！」

我笑嘻嘻壓低嗓子說：「總管都說了我是『麻煩製造者』，如果由我來分派食物，這裡早就天下大亂。」

在我前面的一個中年男性聞言，轉頭微笑望了望我，我過往就留意到他一直是個沉默的人，英語非常棒，待人有禮並且不囂張不鬧事，他身上的氣質跟別人不太一樣。可是我實在怕極了跟阿拉伯人相處時那些不可預測的災難，此人印象再好，我也還是冷漠以對。

只聽這男人以極其謙和的口氣向安琪拉要求：「我有高血壓，還有膽固醇的問題，這些紅肉我不能多吃，你能不能多給我一些沙拉？」

我順著他的話往他的餐盤瞄了瞄，天啊！安琪拉居然只給這大男人一小撮的沙拉，還清清楚楚可以數得出來——三小片兩吋見方的沙拉葉、兩顆黑橄欖、兩片黃瓜加半顆迷你番茄！

安琪拉瞪大眼睛，以尖銳的聲調回答那人說：「對不起，食物不足，不能多給你。」

那男人沒有放棄，繼續很卑微地懇求：「我真的不能吃太多肉，這樣吧，你把肉取走一些，代以多一些的沙拉作為交換好嗎？」

安琪拉不屑地哼出一句：「你可以去跟總管商量，不必跟我囉嗦。」

一個大男人如此低聲下氣地要求食物，看在眼裡畢竟於心不忍，父母從小一再告誡我：「如果有人來向你乞討的是食物，永遠不要拒絕，就算你只剩下一碗飯，也要分半碗給他。一個人窮到只要討口飯填飽肚子，就已經放下為人的全部尊嚴，幫助他除了是人類應有的惻隱之心以外，要記住當年祖輩離開大陸，就是因為連年的饑荒所致。」

所以，我忍不住，這就仗義而言起來了，我說：「安琪拉，你給他的這分量也太少了吧？他已經說了他健康不好，你就多給他點沙拉嘛！」

安琪拉露出像是背後被人捅上一刀的表情，狠狠瞪了我一眼，那眼神我讀得出來——你他媽的還替阿拉伯人說話？

我趕緊補充，「對不起我知道食物不足，那麼你把我的那份沙拉給他好了。」可是那人已經一言不發轉身走開，艾瑪站在安琪拉身邊開始數落我，大意就是我怎麼如此犯賤，竟幫阿拉伯人指責起自己人來？怒氣未消的安琪拉，在我的托盤裡配給一塊肉後，夾給我的沙拉一看就知道她在報復，也是清清楚楚地數得出來——一片半菜葉、三顆黑橄欖、一片半黃瓜！

我張口結舌硬是把要說的話嚥下了肚，食物分量再不足，也不至於寒酸到如此地步！安琪拉怎麼行為愈來愈像那些人了呢？她這一舉動，擺明是要表達食物真的不足，連我也不可多得，暗是在修理我，讓我也嘗嘗就那幾片沙拉的滋味，看我還會不會再多管閒事？我如果抗議，也就成了鬧事的一分子。她對外強悍表達了她權力在握時的不可挑戰，這女子終究城府深。

我坐下來低頭吃飯，其實用餐時間已快結束，食物箱子裡的殘餘食物讓十個人再吃也綽綽有餘。我轉頭找一找那個阿拉伯人，他正蹒跚步向帳篷出口，留下托盤在餐桌上，食物丁點也沒碰。我看見安琪拉給自己盛上一大盤沙拉，坐在食物櫃檯後，大口吃將起來。是的，她一點也不慚愧，在這特殊環境才生活沒多久，她就學到了以眼還眼、以牙還牙的手段，而遭殃的永遠是無辜的人，仇恨就是這樣在人心裡一點點累積的吧？

我放下刀叉決定去找那個阿拉伯人，他站在帳篷外頭的垃圾桶旁，正在點菸。我想，經受如此屈辱，他大概連飯也不想吃了，我走過去安慰：「剛剛發生的事，我感到很抱歉，如果你不介意，我可以去找總管談談，看看有沒有辦法按照你的健康需求另作安排？」

他搖著手說：「唉！不必不必！謝謝你。我們亡國之民，還有什麼好跟人爭的？」說完，歎上一口氣。

我嘗試解釋：「大概是因為那些喜歡鬧事的害群之馬，安琪拉才不得不對你們一律採取強硬態度的。」

「我了解我了解，鬧事的畢竟是大多數，我們這些安靜的少數分子當然就不能抱怨別人把我們等同視之。」他說。

我站在他身邊沒有離開，陪等他慢慢抽完菸，希望這樣可以讓他感受好一點。這時候，他凝視天空突然感歎：「從前，在巴格達擔任副市長的時候，何曾想到會有今天？」

「你是巴格達副市長？薩達姆．海珊政權下的巴格達副市長？」我驚訝得下巴快掉下來！我早聽聞這裡有個背景特殊的翻譯，但沒想到是這樣的特殊法。

他靦腆地點點頭，「一直到謠傳說美國要攻打伊拉克了，我們才倉皇逃出來的。」他重重歎息，「唉！說到底我還是哈佛大學的工程博士，現在竟淪落到為了幾片沙拉看人臉色的地步。」

我說不出任何安慰的話，又不能西式地給他擁抱，只好繼續站在垃圾桶旁陪伴他，也許願意去聆聽他緬懷過去的美好時光，對他就是一種精神力量。

「薩達姆到底是怎樣的一個人啊？你為他做事的感覺怎樣？」我不無好奇地問。

他微微笑了笑，對這樣的問題大概已經習慣，也不賣關子，就答道：「他是個非常非常謹慎的人，要跟他會面商量事務的時候，往往要等上好幾天。在約定的時間去見他，他的助理會先讓你等，說『就快來了』，然後一等就是幾個鐘頭。等上一天半天，時間、地點一改再改是常事，從早上九點改到十二點再改到下午四點半再持續改到黃昏六點一刻，從議事廳改到會客廳改到密室最後乾脆改到城內另一棟建築。有時候等了一整天，等到深夜，助理一句話『取消了』，就把人打發離開，第二天再來。最長的一次，我等了四天，才終於見到他本人！」

「關於他的替身？」我記得一直有傳言說唯恐遭遇暗殺的薩達姆有好幾個替身。

「這個我也搞不清楚了，我跟他私下也沒能見上幾次面，大多時候都是人群裡遠遠地見到。」

深吸了一口氣，他繼續：「薩達姆其實並不是個壞領袖，起碼在他統治下的伊拉克沒有太多動亂。而且，他並不像美國主導的媒體所形容的那樣窮凶極惡，他文質彬彬、幽默風趣，對待女性，他尤其是個紳士，會聲聲『美女』客氣招呼一般眉低眼順的阿拉伯女子。他雖然『殘暴』，可是那些人是因為掀起派系糾紛才會惹禍上身。我是個基督徒，阿拉伯基督徒，可是你看！」他停下來攤開雙手，「薩達姆並沒有把我排除在政權以外，他在各宗教間起碼嘗試平等。」

我又一次感到驚訝，他是我生平接觸到的第一個伊拉克基督徒，在薩達姆政權裡身處要職的阿拉伯裔基督徒！

「薩達姆不打壓基督教，這一點，他比其他許多阿拉伯國家開明得多。現在，被『解放』的伊拉克，所謂民主選舉選出來的政權，反而大肆欺壓基督徒。我還有許多親戚在家鄉摩蘇爾❺，他們告訴我，很多人被殺害，很多教堂被焚燒，可是政府一點也不管，彷彿基督徒死得理所當然，除了教宗一度呼籲，外界對此事一無所知。極端分子不斷煽動對基督教的仇恨，屠殺還在繼續，沒有人為伊拉克的基督徒發聲。」

他又開始歎息，雖然對我還微微露出笑臉，可是憂愁在他眼裡掩也掩不住，「六年來，我和我太太沒有一天能夠臥枕安眠，總是失眠到天亮……」

安靜了一回，我實在想不出什麼安慰他的話，只好說：「你記得《聖經》裡，羅得那個回頭看的妻子嗎？她這一回頭就永遠變成了鹽柱。所以，阿拉❻讓你經歷這些，是因為前面還有更好的福分等待著你，你現在要稍稍忍耐，絕對不要再回頭，努力往前看吧！要耐心等待美好的未來，阿拉一定會引領你的。」

他笑了笑，發自心底，「我大兒子在德國念建築就快畢業了，大女兒去年剛考入大學念醫。小女兒今年五歲，是我們的開心果，她在我們最徬徨無助的時候來到我們的生命裡，本來是個令人懊惱的意外，後來卻發現這原來是個福氣，她的出生給我們的流亡生涯帶來很多歡笑與希望。這些孩子，能夠一一拉拔他們成長，就是我最美好的渴望。」

他說完，突然想起什麼似的，催促我說：「你飯也還沒吃吧？快回去吃，我這裡再

---

❺摩蘇爾：Mosul。自公元一世紀就有基督徒聚居的地方，激進伊斯蘭國組織（IS）占領此地後，超過十萬名基督徒逃離了這個城市。

❻阿拉：阿拉伯語裡對「上蒼」的統稱，基督徒與穆斯林一樣應用。

待上一會。」

我點點頭，倒退幾步才轉身走回去，踏入帳篷前忍不住還是回頭望望，只見他點起了第二根菸，我用雙手圈成喇叭狀大聲喊過去：「喂！你不應該抽太多菸，不要忘了你的高血壓啊！」

他吐出一縷青煙笑著對我揮揮手，在黯淡暮色裡，那手勢再怎麼看，也還是流瀉了許多揮不去的哀愁。

記住哈拉布吉亞

這樣的黃昏，一望無際的荒野，疲憊的風，吹過來分不清是悶熱或微涼。

任務結束後，在等待軍士長的空隙，我乾脆坐在路邊大石頭上，張望四野，等待當地居民過來聊聊天，他們一定會來的，我知道。果然，幾分鐘後，躲在各個角落的孩子們嘰嘰喳喳紛紛現身，如小動物般，一步步趨近試探，眼裡盡是童稚的興奮與好奇。我微笑露出沒在意的神情等他們圍過來，待他們一一卸下心防後，再突然跳起來哇哇大叫獅子般撲過去！小孩們驚叫著爭相逃逸，跑到安全距離後，回頭一看，紙面獅子正站在那裡哈哈大笑呢！還掏出花花綠綠的糖果分派給那些嚇倒在地的娃娃們。

一旁的沙爾達見我玩得開心，有感而發，說：「一九八八年，很多庫德❼兒童被毒氣毒死。」

我轉過頭看他一眼，他並沒有在看我，眼神定格在不知的遠方，這大概又是個有故事的人。

這些日子以來，我漸漸發現周遭這些和我共事，說是陌生卻又不陌生，說是熟悉卻又不真熟悉的人當中，很多都負載著不堪回首的過去。

事隔二十年，哈拉布吉亞❽慘劇，好像已被許多人淡忘，然而當年報紙上刊載的圖片，卻從來沒有從我腦子裡消失。我記得那個手上抱著嬰孩撲倒在地的父親，嬰兒張大的口，似乎還在掙扎著呼吸，可是空氣裡卻是加速死亡的芥子毒氣。所有瞬間停頓的動作，顯示死神降臨得如此悄無聲息，對當時年少的我來說，這些圖像留下的震撼畢生難忘。

「你可以想像嗎？一夕之間，整個村莊的人都死了，滿天籠罩的毒氣讓人逃無可逃，多麼恐怖的滅命方式啊！有生還者形容那毒氣，說是聞起來甚至還帶點甜甜的蘋果味。」

沙爾達說到這裡，居然微微地笑，彷彿說的故事與己無關，這種微笑令人心生寒意。

「你可以逃離戰火，你可以逃離轟炸，可是要怎樣才能逃離呼吸？受害者臨死的場景都突然被定格，那樣『活生生』的，死亡來得毫無預警。」

「我的老父、老母都死了。一個在田裡，一個在院子。鄰居全死了，放羊的大叔、製麵包的大媽。童年玩伴也全死了，趴在地上，陳屍田埂。我當時是鬧事的大學生，早上出門去參加示威抗議，被員警捉起來，放出來後聽聞毒氣事件即飛趕回鄉，卻發現景物依舊，人事已非，在一夕之間。」

意識到薩達姆鎮壓庫德民族的手腕已近乎種族滅絕，沙爾達心裡明白，是離家逃亡的時候了。父母已死，手足們暫時也都失散，他決定帶著懷孕的妻子離開。幾經艱苦，沙爾達以難民身分逃到西方的太平盛世。六個月後，妻子誕下他們的第一個孩子，那個可以帶來生命新希望的孩子，然而卻非常不幸地，孩子嚴重智障。

「或許是毒氣的後遺症，或許是逃難途中的惶恐驚動胎氣，我們殘障的孩子，清清楚楚地，顯示哈拉布吉亞的殘酷襲擊在下一代身上延續。這不就是薩達姆的原本目的嗎？讓一切禍延下一代，讓庫德民族從此成為殘缺不全的民族。現在，縱然離開了哈

❼庫德：Kurdish，西亞一支古老的民族，散居於伊拉克北部，伊朗西北與敘利亞北部及土耳其東部，未曾有過自己完全獨立自主的國家，多年來不斷尋求民族自治，而不斷與各界有武裝衝突，甚至遭滅族之禍。

❽哈拉布吉亞：Halabja，一九八八年，兩伊戰爭期間，薩達姆認為庫德人暗地協助伊朗人，因此下令對哈拉布吉亞投放生化武器，造成五千庫德人死亡，一萬人受傷。該軍事行動後來構成薩達姆死刑罪名之一。

拉布吉亞，卻終日活在哈拉布吉亞的夢魘裡。」

沙爾達簡短地說著自己的故事，臉上的那抹笑容，看著令人心驚。經歷這些，他或許大徹大悟，與其悲傷，不如歡笑，面對自己庫德民族的苦難，拒絕悲傷等於不被擊敗。無怪乎我所碰見的庫德人都異常的謙虛、溫和。也許，這裡面也隱藏著深深的認命與無奈？

「我一直記得村莊裡的那面湖，湖畔都是死人，湧向湖水的瀕臨死亡的人。湖裡其實早就浸泡死屍，被視為反叛分子的人，都在那裡被槍殺。」沙爾達敘述，眼睛始終投向遠方，看不見焦點，他在凝視記憶。

晚霞在天邊漸漸顯得詭異，血色般的雲層，看著看著，竟像是冤魂在那裡哭泣。庫德民族的悲歌，是「無國家民族」的悲歌，在四面受敵的情況下，他們常年流離在自己的居住地。不是說了歷史總是在重複的嗎？如果邪惡被遺忘，那將是人類永遠的災難。所以，不要忘記庫德那些冤死的靈魂；所以，記住生靈塗炭的哈拉布吉亞。面對邪惡，記得，就是一種對抗。

憤怒澡堂

來到一個小基地，我放下行李馬上就找盥洗室找洗手間。經驗告訴我，在如此簡陋的臨時基地，如果存在這兩個基本設施的話，也一定是極其不便的男女混合式。果然，基地一角，入眼是十所流動茅坑，一個大空間只有五個花灑的澡堂，外面一長排用來刷牙、洗臉的水槽，整個地方不見男女分開的標示。如此糟糕的情況，我趕緊跑去問管事的，到底有沒有辦法清楚劃分男女界，或者另外搭建女生澡堂，再小再簡陋也無所謂。可是管事的聳聳肩，說：「到時候門上會貼一張紙，劃分男女洗澡時間。至於洗臉刷牙上廁所，就只好委屈一下了。」

「可是你知道，我們一共就只有五個女生，混在一百個阿拉伯男人之間。」我忍不住就提高了聲量。在西方世界，男女差異沒有什麼可大驚小怪之處，然而在文化習俗相對保守的伊斯蘭環境，我無法信賴一張紙條就能讓那些男人安分守己。

總結所有女翻譯的共同經驗，基地裡的阿拉伯雇工與其他執行維和任務時相處過的東歐人以及非洲人完全不同，就算貼了紙條，就算一再耳提面命，那群烏合之眾也還是會趁女生洗澡時推門而入，然後在驚叫聲裡假裝呆若木雞，眼睛飽嘗霜淇淋後，再虛假道歉一番。在那些男人的字典裡，原本是沒有所謂跟女人「道歉」這兩個字的，可是為了闖闖澡堂而道歉，他們卻非常樂意一再為之，這對他們的男性尊嚴沒有絲毫傷損，因為轉身出去，這些偷窺狂就可以在同僚面前吹噓半天，即使他什麼也沒看見。一而再、再而三！每一天、每一天！你說我歧視阿拉伯男人嗎？可是為什麼，當我們共事的只要不是他們時，這樣的情況就從來沒有發生過，即使門上忘了貼紙條！

第一天，洗澡時間確定在晚上七點到八點之間。我和另外四個女生挽著洗澡用品走向澡堂，途中那些男人虎視眈眈。我說：「我們輪流洗澡吧！先進去三個人，另兩個守門。」可是第一次加入相關任務的這四個人，在歐洲文明世界長大的人，無法理解我的「不文明」顧慮，她們斷然拒絕。

我把所有裝在塑膠袋的衣物都帶到澡堂花灑下，不留在外面入口處的更衣間，並且決定學學河旁井邊沐浴的熱帶女子，圍著一條沙龍布淋浴，一邊等看好戲上演。不！不要誤解我惜肉如金的方式過於矯情，我可以在海灘穿著比基尼散步及做日光浴而毫不忸怩，可是面對某些猥褻的阿拉伯男人，對不起，我一寸肌膚都不要便宜他們！

果然，十分鐘以後，是的，一定要在十分鐘以後，估計淋浴的女人都淋得進入忘我境界時，門終於被推開……

啊——女人們歇斯底里齊聲尖叫，我耳膜都快被震破了！一個女的很快閃躲到我身後，另三個手忙腳亂遮掩身體。門口的那個男人，一點也沒有受驚嚇，連臉上得意的樣子也不肯掩飾，一迭聲「對不起、對不起」，倒退著關上門。看清楚了，是倒退著哦！你什麼時候見過阿拉伯男人對女人如此謙恭？

一日復一日，我們洗澡時間都要上演這樣令人憤怒的戲碼。基地設施根本沒有所謂上鎖的考量，這當然是因為安全措施，所以，以鎖門解決問題的方式根本不存在，何況那批混帳還爬窗，如果澡堂上了鎖，他們掀了屋頂恐怕也是等閒之事。一再投訴之下，即使上頭特派兩個男翻譯替我們守門，也還是一樣會有人，甚至手持一杯咖啡悠悠閒閒來推門，聲稱他本來就是要來洗澡的，只是不小心弄錯時間。我們在花灑下都聽見門外男翻譯呼喝著要人止步了，被呼叫的人還是會突然聽不懂英語，意志堅定推開門，然後就是尖叫聲、嘶吼聲、道歉聲，加上事後門外洋洋得意的嬉笑聲。顯然地，這是他們茶餘飯後的娛樂。

要上頭開除這些觸犯規矩的阿拉伯男雇員嗎？那幾乎是不可能的事。阿拉伯雇員短缺，這些人可都是冒著生命危險來任職的哦！豈可為區區洗澡的事開除他們？

我的士兵兄弟們當然很願意持槍來替我們女生站崗，然而軍隊有軍隊的規矩，如果不是上級下令，你如何讓兩個大兵放下打仗的正職，來替洗澡的女生守門?!

一個禮拜後的某一天，我比其他女生稍晚踏入澡堂，進去後一看，我的天呀！那四個女生身上居然穿著花花綠綠的比基尼在淋浴呢！還一邊快樂地唱著歌。儘管我窮追猛打，那幾個傢伙卻怎樣也不肯告訴我，她們到底是從哪裡弄來的比基尼？

哈！現在我知道了，以後出勤，不但包裡要帶化妝品，也千萬不要忘了比基尼！

棕櫚樹

「塔瑪拉」在阿拉伯語裡意喻「棕櫚樹」：美麗又多結果子的樹。

我所認識的塔瑪拉來自中東某富裕小國，如果以所謂東方情調的眼光來審美，塔瑪拉這個女孩絕對是棵美麗的棕櫚樹，雖長於缺水的沙漠風沙裡，卻依舊亭亭玉立。

在基地無所事事的時候，我幹起無聊營生，用很久以前翻書略略研究過的掌紋手相，把起翻譯們的手掌，翻來覆去胡說八道一番。我只是玩票性地看看能否印證，所以僅用以猜測過去，不預言未來。坦白說，我完全不相信一個人的命運都已刻在掌紋裡。

看完塔瑪拉令人驚心動魄的掌紋故事，我心存懷疑地說：「塔瑪拉，你先不必確定我說的是對或不對，如果冒犯到你，還請你不要介意。我按書解讀出來的故事是……你墮過胎，也自殺過，還有，你的生命一直受死亡威脅。」

我以為這些話聽在她耳裡不過是胡謅，沒想到塔瑪拉聞言竟突然流淚，一發不可收拾，把我給嚇壞了，我捉緊她的手急急安慰：「塔瑪拉，我不過在胡扯啊！不對的地方你嘲笑我就好了，對的地方你就權充歪打正著猜對了，就當這是個命中率很高很具娛樂性的遊戲吧！我完全沒有傷害你的意圖，你不必認真，不必哭的呀！」

可是塔瑪拉沒有停止哭泣，年齡不過二十四的她，拉住我不放，哽咽著說：「你說的這些，都是我深深埋藏心底的祕密，這麼多年來，我都不知道該如何去面對這個創傷，你現在既然點了出來，那就讓我跟你傾訴一下，好嗎？」

我坐在地上非常自責，我不過玩玩而已，卻成了無心之失。過去無數次在誤打誤撞揭露很多別人內心的故事後，我根本不再碰這解讀掌相的玩意。當時關在軍營實在太無聊，才會又去破戒的。

塔瑪拉說：「從十四歲起，我就一直被自己的叔父性侵。我告訴父親，父親卻把我痛打一頓。我也告訴了母親，她雖然相信，可是卻也沒辦法阻止事情繼續發生。在阿拉伯國家，女人對一切無能為力。」

我一聽，不寒而慄，又一個男權社會裡小女生飽受摧殘的故事。飲泣聲中塔瑪拉時斷時續才能把自身慘痛的遭遇說完，情緒近於崩潰。她說，在經年累月的折磨中，她終於不幸懷了孕，那時候，她只有十六歲。

在許多伊斯蘭國家，未婚懷孕是死罪，而墮胎是絕對禁止的，一如多年前許多基督教國家，墮胎等於謀殺。聽著塔瑪拉敘述到懷孕這一點，雖然是過去的故事，我還是突然焦慮起來，這個少女的噩夢，有沒有被適時阻止？如果無法證明那是項犯罪事件，在一些封閉的地方，未婚懷孕是可以公開讓群眾亂石打死的「姦淫罪」。

由於牽涉到家族榮譽，父親決心逼死塔瑪拉，極端分子一向把教義看得比親情重要。母親這回激烈反抗父親，誓死保護塔瑪拉，她暗中尋訪、打聽到一個願意為塔瑪拉進行非法墮胎手術的巫醫，那巫醫用上方子硬是把四個月大的胎兒打下來了。

塔瑪拉的身體與心理自此受到極大創傷，她常常生病，年紀輕輕，婦科病卻已纏身。令人氣憤的是，只要母親不防備，叔父又再度一次次地企圖強暴她。我聽到這裡，張開雙臂把瘦小的塔瑪拉環抱起來，淚盈滿眶。我記得讀過這樣一份調查報告，不管在世界任何一個地方，女性最大的恐懼就是遭遇性侵犯，這類恐懼終生相伴。而眼前的塔瑪拉，當時還不過是個孩子，就已經日夜承受如此夢魘。

「最後，」塔瑪拉艱難地，一字一頓說：「我決定自殺。」

她儲藏所有可能及手的藥物，包括安眠藥。飽受折騰的塔瑪拉，在又一次被叔父性侵後，吞下了所有藥物，選擇以死亡告別痛苦的人生。

塔瑪拉並沒有死去，母親適時發現而及時把她送醫。自殺在伊斯蘭教裡被嚴厲禁止，當然，世上沒有一個宗教是允許自殺的。可是在穆斯林社會裡，自殺的舉止顯然干犯眾怒，怒火沖天的父親更發誓要親手解決這個羞辱家門的女兒，「反正她自己也想去死！」父親振振有詞。警方開始介入調查，塔瑪拉如果實話實說造成自己自殺的原因，將會給自己帶來更大危險。伊斯蘭刑事法裡，性侵案受害者必須提供四個有誠信的男性證人，並且需要證人證明女方行為一向端莊。這豈不是匪夷所思的要求嗎？如果罪案發生的現場，有四個袖手旁觀的目擊證人，你還能指望他們的供證會站在受害者這一邊？

死亡邊緣回來的塔瑪拉突然心竅頓開，她知道類似的遭遇並不只發生在她身上。在普遍性壓抑的社會，許許多多的穆斯林女性正經歷她所經歷的，如果要扭轉命運，她要做的不是放棄生命，而是以生命抗爭到底。憤恨使塔瑪拉不再悲觀，她忍受叔父持續的蹂躪，咬著牙忍耐，等待自己十八歲的到來。十八歲，她就可以不需監管人而獨立擁有護照，可以逃離家門，逃離那個她所憎恨的，踐踏人權、壓迫女性的世界。

十八歲的時候，塔瑪拉在母親的暗地協助下，終於成功逃離自己國家，母親在德國的朋友給予適時庇護。心有不甘的叔父竟然追了來，要把塔瑪拉拐回去以執行「榮譽殺害」❾。按照他的指控，塔瑪拉的行為給家族帶來極大的恥辱，為了維護家族聲譽而取其女性成員的性命，依沙里亞❿法規而言是沒有錯的，法制單位不會干涉。在安全的確受到威脅的情況下，德國警方給予塔瑪拉全天候保衛，藏匿了很久一段時間後，塔瑪拉終於可以勇敢地活在陽光之下，受教育，做人——做一個有自信、獨立、自由的女人。

塔瑪拉的生命創傷並不那麼容易痊癒，當年十八歲的她艱難地在一個陌生國家獨自開始新生活，母親的懷抱再也回不去，叔父動用所有可能的手腕，繼續尋找索取她生命的機會。生病的時候，塔瑪拉沒辦法吃藥，服藥引起她自殺的記憶，下意識反應令她吐得一塌糊塗。在同西方男士的交往中，她抗拒疼愛她的男士們的親密舉止，那些不體貼兼沒耐性的，會捨她而去。她其實喜歡小孩，可是懷孕與墮胎經驗是如此苦澀，讓她完全沒把握，自己的心靈與身體，在未來是否還能承受孕育生命的過程？這些痛楚如同蠶蝕，夜夜吞噬她的心靈。

塔瑪拉雖然走出了自己的一條路，但她所經歷的辛酸，我沒有辦法一一敘述。她對

---

❾榮譽殺害：指女性被家族、部族或社群的男性成員以維護家族名譽等理由殺害，按聯合國世界人口基金會的調查報告揭露，每年大約有五千女性，在此指控下被殺害。

❿沙里亞法規：al-Shariah，伊斯蘭教法。

於將來有許多計畫，其中之一就是協助改變穆斯林女性的命運。再過些年，她要把自己的故事寫成書，希望喚起外界對穆斯林女性的關懷。

我握緊塔瑪拉的手，也只能以書生的方式鼓勵她，說：「你知道有個被稱為『沙漠之花』的華莉絲．迪里（Waris Dirie）嗎？那個經歷女性割禮惡俗的索馬利亞女人，她逃離後揭露的真相終於引起世界各地對這種陋俗的關注，因此改變了多少可憐女孩的命運。所以，你一定也可以辦到的。面對女性權益飽受欺凌、壓迫的世界，許多人會和你站在一起，你將是一棵名副其實美麗又果實纍纍的樹。」

營房裡的戰爭

一、床位之爭

車子把我和同伴烏姬送到執行任務的地點時，我們差一點就要相互摟著抱頭痛哭起來。

所謂的營房，是一所廢棄的破落民宅，所謂的衛浴設備，是外頭不遠處的三所流動茅坑，加兩個瑟縮在角落的水龍頭，沒有洗澡間，要洗澡的話，司機會每三天來載我們去另個基地，利用那兒的設備。單單去想像長達一個月的時間裡，每三天才能洗一次澡這個事實，在近四十度的高溫下，我馬上就感到身上爬滿跳蚤般可怕。如果真想每天洗澡，唯一的可能性是在水龍頭下濕了毛巾擦洗身體，而水龍頭是露天的，也無瓢盆，真要擦洗，還得水龍頭、營房來回兩頭跑。

外在條件的惡劣一般不太會影響我的心情，反正就是個適應的問題，比較糟糕的是，當地女民工也跟著我們一塊住在破房子裡，十幾個人左右，這才是問題所在。我和烏姬對看一眼，知道兩個人即將面臨孤立無援的艱難處境。這些幾乎沒受過什麼教育的女人，長期處於被男性壓迫的生活環境，歷經戰亂，再加上貧窮，她們的心態大多時是不平衡不健康的，攻擊性強，也愛生口角是非。我雖然了解及同情這些不幸的人們性格上的扭曲，可是我非聖人，沒法做到完全的包容。過往可怕的經驗在在提醒我，如果我和烏姬一開始就不具防備之心與距離的話，那麼，在一定會發生的各種各樣匪夷所思的鬧劇裡，已經可以預見兩個人的下場。和這群特定人士相處，再怎樣講究禮貌，再如何忍耐，再怎麼遷就也好，衝突及矛盾還是要發生的，就像玩躲避球一般，怎樣躲也罷，總還是要挨打的，它只是個時間早晚的問題。

對我來說，不幸中的萬幸是這次的工作夥伴是烏姬而不是其他人。烏姬來自中亞，大堆名字以「坦」結尾的國家中的其中一個，烏姬不在那裡成長，她私底下連伊斯蘭教都不信，接受西式教育的她，離了那些「不坦國」，性格才真正舒坦地發展起來。她不戴頭巾、不盲目任由男性沙豬擺布，她講究自由戀愛、講女權。我心中暗自慶幸，還好不是和一個徹頭徹尾的當地女子共事。

那些女民工在跟她們的行李拖拖拉拉時，我和烏姬輕輕鬆鬆背著背包，直接走到房子尾端，挑了張臨窗的上下鋪位，在那裡擱下各自的背包標明「領地」，就雙手插在褲袋裡，準備到外頭呼吸新鮮空氣去。我和烏姬選擇尾端的位置是有原因的，這間民宅窗子僅兩三扇，床鋪邊那扇是讓人得以安眠的關鍵，可以隨時打開來流通空氣，沖淡那些女人撲鼻而來的裹頭巾畀味與濃烈體味。

烏姬和我都有共識，一開始就不能對這些女人讓步，以避免她們得寸進尺。然而文明人的教養，根本就是下意識的反應，我和烏姬走到門口，正巧進來一個胖大的女人，一手推門一手辛苦地和行李掙扎，我和烏姬馬上停下來協助，烏姬用手頂著門讓她進去，我幫她把行李抬過那個稍嫌過高的門檻。胖女人進去了，我和烏姬也不等她轉身言謝什麼的，就徑直出門去了，兩個人完全沒有意識到，自己的行為到底還是實體上「讓了步」，擺明了好欺負。

待我和烏姬在外頭和接洽的士兵談好工作大綱，回到營房一看，我們兩人的上、下鋪已經被人霸占，上面堆著不知是哪個傢伙的行李，下面擠的就是那個剛剛還替她開門拖行李的胖大媽，我們的背包和睡袋被人扔到了營房中間，可憐兮兮趴在地上。烏姬怒火中燒，她連連爆粗口，一個箭步撲向前，拉扯著也要把胖大媽的行李扔到地上。

跟人吵架不是我的專長，我是個書生，只跟人講理，就算滿口歪理的人當面自咒天打雷劈，我也只會去計算她被雷電擊中的機率有多高，而不是隨著也去詛天咒地證明自己更有理。我對那個跟烏姬鬧得不可開交的胖大媽說：「你不能做這樣的事，按著一直以來先到先得的方式，我們的背包擱在這兒就代表這是我們的床位，你晚到就只能去找其他的。空鋪位還那麼多，你完全可以另作選擇，不能這樣不講理。」

然而胖大媽的反應根本不可理喻，她擺出下盤已緊緊貼在床頭的姿態，雙手硬是拉住了支架，幾近尖叫地爭辯說我和烏姬才是霸占者。我雖怒不可遏，也還是強壓怒火對她說：「我也並不是那麼絕對的人，你如果先找我好好商量，真有需要的話，床位本來也可以讓給你的。但是現在，你這樣扔掉我們的包包，就委實不應該，我現在倒是非要我的床位不可了！」

可是胖大媽哪肯就此甘休？她凶巴巴罵了串髒話，說一切太不公平，我跟烏姬憑什麼就可以自己挑床位？所以她自己當然也可以這麼做，還說原來我們幫她開門原本就不安好心，開門讓她行動不便，更加找不到好鋪位了。這些話聽來狗屁不通，搞得我一時語塞，竟不知道如何去反駁，本來是「秀才遇見兵，有理說不清」的，現在更成了「秀才兵遇見阿拉伯大媽，有理沒理都說不清」！

霸占烏姬上鋪的那傢伙這時回來了，她非常耍流氓地要烏姬滾蛋，烏姬也不甘示弱，硬是跟她對著幹。我拉著烏姬說：「跟她們糾纏是浪費時間，走吧！找總管去。」為著這點小事去麻煩總管，我其實極度不願意，心中不免歎息，到底逃不掉第一天就鬧事的魔咒，這個梁子結下後，接下來的一個月就休想再過清靜日子。圍觀的其他女人嘰哩呱啦，都在勸告那兩個大媽別在第一天就生事，免得被開除云云。雖然是勸告，但也沒有丁點講理的意思，口口聲聲不斷指責我和烏姬兩人憑著「年輕漂亮」，欺負她們老人家，她們在美國人管理下本來就是二等公民，總要吃虧的，總管來了反而不好，所以勸兩個大媽委屈一下，把床位「讓」給我們吧！

一番歪理聽在耳裡，我已經不會生氣了，經歷那麼多匪夷所思的事，我早就放棄努力，不再嘗試去理解這樣的思維模式。兩個大媽在眾人勸說下，意志開始動搖，真要鬧事的話，到底有點忌諱，畢竟工作不好找，基地工作到底是優差。她們言詞中倒不覺得自己理虧，反而一臉飽受欺凌的模樣，很快地，她們大動作「啪啦」一大響，就把行李從我們鋪位上撤掉了。

我和烏姬把睡袋鋪在簡陋的床上，把制服掛好，就出門去吃晚飯。心中到底有點疙瘩，兩個人都擔心十五分鐘後再回去，營房裡的背包會不會又被人扔到了地下？睡袋上會不會有來路不明的腳印？或者，私人物品就此被蓄意破壞及消失？更叫人擔心的是，入睡的時候，被這樣一群心態、行為都有點病態的人圍繞，要如何安枕無憂？經歷戰火劫難的人，她們什麼事幹不出來？

令我和烏姬意外的是，再次踏入營房的時候，所擔心的事情並沒有發生，而完全沒有預料到的人物，卻在營房內等待我和烏姬的歸來！營房角落，氣急敗壞站著的是這次任務地點的總管，他一看見我和烏姬，就大力拍著手掌高聲說：「好！現在你們給我好好解釋！」

總管身旁是那兩個鬧事的大媽，周邊站著的，是其他瞧熱鬧的女人。我和烏姬面面相覷，就這個十五分鐘去吃飯的時間，兩個大媽惡人先告狀，竟去把總管給親自請來了。

我和烏姬彼此都沉默著，不知話要從何說起，總管這就不耐煩了，他自己倒先開了口：「這兩位女士向我投訴，說你們惡聲惡氣霸占她們床位，欺負她們年紀大體力弱，還把她們的行李扔到地上，有沒有這回事？」

這一聽，烏姬和我頓時激動起來，不約而同大叫：「胡說八道！明明是她們自己扔了我們東西，霸占我們床位的！」

可是周邊那些瞧熱鬧的女人卻七嘴八舌指著我們說：「撒謊！撒謊！」一個乾癟如豆腐乾的大媽還言之鑿鑿：「我們都看見的，你們凶巴巴罵人，罵得她們最後不得不把床位讓給你們！」

我碰見不可理喻的傢伙的時候，往往乾脆不說話，或者氣得說不出話。我一般的反應是掉頭就走，不必跟這樣的人浪費時間，換句德國人的說法，就是鄙視一句：「你不及我的水準，沒資格同我說話」，多說簡直自貶身價。現在聽見這群人如此顛倒是非的謊言，鑑於總管在場，我無法掉頭而去，就只能無動於衷地站在原地，不回半句話。面對吵不起架來的對手，好鬥成性的這群人是會抓狂的。

烏姬的性情跟我大大不一樣，她忍不住就要朝那個乾癟大媽衝過去，一副「我跟你拚了」的架式。我使勁拉住她，要她冷靜，我知道我們兩個都不應該激動，愈激動愈難以取信於總管，面對這樣一群烏合之眾，我也算累積了點如何與她們周旋的經驗。我深深吸上一口氣，再用力捏捏烏姬被我握住的掌心，暗示一切由我來說，這才緩緩開口對總管解釋：「我們是最早踏入這房子的人，司機可以作證。再說，我們兩人都有醫藥證明，烏姬鼻子敏感，我對暖氣過敏，在基地營房一直都睡在窗邊或入口。這樣的習慣，我們一進來就直接找窗邊角落的鋪位，是很自然的選擇。毋庸置疑，那床位原是我們的。如果她們願意事先商量，我們本來也不會介意把床位讓給她們。」

總管轉頭質問似的看著兩個大媽，旁邊幫腔的女人又紛紛說三道四起來，總管喝住她們，四周安靜下來後，他這才厲聲問道：「事情真是那樣嗎？到底是誰霸占誰的床位？趁現在把話說清楚，不要等到我去把司機找來，司機來了，我是一定會立刻開除撒謊的一方的。」

兩個大媽沒有直接回答，閃爍不定的眼神透露了她們思緒的混亂與糾結，果然，一開口，她們嘗試模糊焦點的回覆居然是：「我們比較慢啊！走路沒她們快啊！進來就把我們的鋪位先搶了。」「本來我們要睡那裡的，不過腳步慢了些，她們就霸占掉我們的床位了！」那個胖大媽居然還申訴：「她們故意攔在大門邊，害我們進不來！」

我早就領教過這類爭辯方式，從前種種經驗，那無理取鬧、毫無邏輯、撒謊以及一派胡言的指控，讓我突然對眼前正發生的事感到滑稽無比，我竟忍不住哈哈大笑起來。是的，事情荒謬到一定程度，是真的會令人發笑的。到了這個地步，總管早就心知肚明，那些女人針對我和烏姬的指責，無非都是妄加捏造的，他高喝一句：「這裡床鋪還有幾個，有必要那麼在乎那個角落的床位嗎？」

大媽見總管凶了，其中一個馬上見風使舵說：「哎喲！什麼時候新搭的床位啊？怎麼方才就沒看見？好，我那兒睡去。」

胖大媽還想要賴，也許知道我比烏姬好欺負，她居然就衝我而來抱怨說：「她也不讓讓我一個老人家，我行動比較慢，下鋪當然是比較適合我的，難道叫我去爬上鋪嗎？她還想把我從床上推下來！」說著說著，居然掉下了眼淚。

聽見這番無中生有的指控，我只能連連搖頭，懶得分辯，開始感到極不耐煩，恨不得事情快點過去，什麼屁大的事兒？我知道胖大媽現在是想找個下台階，打出了悲情牌，她當然記得我早前說過的那句「如果先好好商量，床位本來也可以讓給你」，所以現在想順藤摸瓜了。可是事到如今，我哪能再容許她如此把我拖下去蹚渾水？我鐵了心，不管她怎麼說，我都選擇沉默以對，只要張大眼睛定定望著她，我發現愈是這樣一言不發望著她，她就愈加心虛地語無倫次起來，眼睛果真是靈魂之窗。

總管閱人無數，知道什麼人該怎樣對付，也許本來軍中強悍的男人都怕眼淚，他也不要求我解釋，聽完流淚大媽的苦情傾訴就順勢安撫，說：「你別急，我給你另作安排好不好？如果你願意，另棟房子裡，隨軍記者那兒還有空鋪位，你可以去那裡睡，怎樣？」

胖大媽這下笑逐顏開，忙不迭點頭同意，我和烏姬驚氣得就差沒七竅生煙，鬧事的人還得了獎賞，這還有天理嗎？要換也該換我和烏姬過去才是！人人都知道那棟小房子相對之下設備較完善，只住三幾人，雖然也沒有衛浴，可是房裡居然有個小水槽，可以在那兒刷牙、洗臉、擦洗身體。

總管命個年輕女子幫胖大媽收拾行李，再次拍拍手大聲說：「這點小事也要叫我來處理，你們羞不羞？」說著，轉向我和烏姬，很不客氣地批評：「兩個受教育高的人，竟不懂得禮讓年紀大的人，為個床位爭個你死我活，未免也太『大材小用』！」

總管這話簡直讓人吐血，你媽才大材小用呢！生你這樣一個不辨是非的龜兒子！無端端惹來一身芝麻綠豆、雞毛蒜皮，此類小家子的女人戰爭，哪裡是我加入軍隊服務的初衷？烏姬也改用總管聽不懂的波斯語低聲罵了句：「庸君！庸君！」

在那些女人為勝利歡呼時，總管大人進一步勒令說：「兩位翻譯，立刻跟我回辦公室！」

我和烏姬無奈跟著出門，那些圍觀的傢伙以為我們要去受罰了，臉上都露出洋洋得意的表情。

一路上，我和烏姬放慢腳步，故意不肯跟總管並行，兩人都心下有氣，都不願意開口說話，賞罰不分明的上司，真叫人瞧不起！總管大概也察覺到了我和烏姬在敢怒而不敢言，他轉過身來低聲吩咐：「走快些，我有話要私下跟你們說。」

看見總管一副嚴肅的模樣，我和烏姬也只好加快腳步，心中狐疑四起，他到底有些什麼話要私下告訴我們？進入簡陋的辦公室後，總管頓時換了一副態度，滿臉輕鬆地問我和烏姬：「要茶還是咖啡？」

我說：「要涼水。」腦海同時閃過一句希伯來諺語——有好消息從遠方來，就如拿涼水給口渴的人喝。總管既沒帶給我們啥好消息，又哪裡掏得出涼水來？果然，他說：「哎呀！沒有涼水呢！這裡有一瓶果汁，室溫的，可以嗎？」

我無所謂聳聳肩，把果汁接過來，烏姬走到咖啡機前給自己倒了杯咖啡。總管待我們都坐下後，就開門見山：「剛才那件事，還請你們諒解。」

我和烏姬一言不發看著總管。諒解？那他先得為自己不公的判斷作個合理解釋再說。

「你們都清楚這次任務具有一定風險，對不對？」總管身子稍微傾前，那問句哪兒還有讓人否定的餘地？我和烏姬同時點了點頭。

「所以，要記住，絕對不要浪費時間、精力跟這些粗人周旋，不能因小失大，你們要專注在任務上。」

烏姬馬上抗議：「我們不能由著她們搞得雞犬不寧啊！」

總管說：「我知道，我知道。但是如果天天跟她們對著幹，你們想想，還有多少精力讓你們去沉著應對即將面臨的挑戰？你們也清楚知道，她們在這次任務裡將扮演舉足輕重的角色，是不是？現在床位問題已解決，她們看來也滿意，那麼，就再也沒有其他藉口來騷擾你們的，雞犬不寧的情況不會再發生。」

總管這話說得太輕鬆，畢竟他沒跟這些女人真正同室共處過。在解決床位爭執的問題上，總管採取的判斷方式傾向她們的利益，如此一來，她們將深信自己是對的，會更加認為營房領地歸她們控制，接著，將會有更多擴張領土的事件發生，「戰爭」其實才剛剛開始。總管自是不會明白的，所以我也就不發一語。

「其實，這些人一點也不難相處，你們要順毛撫摸。她們是吃軟不吃硬的民族，不要跟她們講道理，講道理是行不通的，她們講感受，你們只要學會如何去哄她們就行了。你們看，我方才用上哄的方式，不就把她們全都哄得服服貼貼？」

我不禁從鼻子裡「哼！」了一大響，提醒總管說：「你哄的手腕，是建立在犧牲我們的利益之上。」

烏姬也憤憤不平，「這樣一群不辨是非的人，你愈是讓她們，她們不就愈加橫蠻了嗎？」

總管看看烏姬再轉頭看看我，放緩了語速意味深長地道：「你們都沒說錯，不過，先聽聽我的分析再說。」

總管坐直身子，雙掌交握擱於桌上，看來一副很有自信的身體語言，這才繼續道：「愚民方式，就在於由他去相信自己的歪理，也由他認為全世界都在相信他的歪理，不要點化他，反正那是他的選擇。反之，要放任他在自己的世界裡去繼續愚昧，這種放任，他還會理解成是對他的尊重，從而對你感激不盡。愚昧人最喜歡的事，莫過於別人都把他當聰明人看待，縱然再嗤之以鼻，你也要讓愚昧人繼續去自以為是，到頭來，他還把信任託付給你呢！掌握了他的信任，你就可以對他為所欲為。所以，愚昧人的結局都是可以預知的，雖然他到最後還未必明白，自己是栽在本身的自以為聰明上。」

總管說到這裡，突然轉向我，「你過去最大的毛病，就是對周遭的人從一開始就付出信任。」

室內一片寧靜，烏姬和我都陷入沉思。總管說的話雖然是針對目前基地的一幫烏合之眾，可是這「愚民策略」放諸四海皆準。坦白說，我甚至感到絲絲寒意，這是多麼厲害的管理方式啊！

「所以，如果這群人自身不思長進，那麼就由他去，為什麼要花一番功夫去教化他、點破他，而讓自己陷入艱難的處境裡？把這樣一群人教得開了竅，長遠來說，對你們自己還是一個威脅呢！聰明的人比愚昧的人更不容易駕馭，要『愚』的當然是『蠢民』。一個民族自身的反思能力、容納異見的能力、加上審視世界的角度，決定了他自身文明的存亡，這話當然說遠了。我的意思就是，對於這群女性，或者以前你們共事過的那群男性，即使你們明明知道他們滿口歪理、顛倒是非、蠻不講理，你們也要容忍下來，不要去堅持什麼女權、民主、邏輯，不要去嘗試灌輸自由文明的意義。對他們的言行，就呵呵笑過，不必跟他們認真、計較。這樣一來，他們對你們少了戒心，你們就可以牽著他們的鼻子走了。」

這一番言論把我和烏姬都震撼得說不出話，再怎麼想，都覺得它是一種城府極深的手段，要絕對沉得住氣才辦得到。總管跟那群人相處久了，也許，這是他多年鑽研的心得？這個西點軍校畢業的傢伙，你不能說他的理解、分析沒有道理。我嘗試過各種各樣同這些人相處的模式，最後皆以失敗告終，迄今也沒有找到更好的方法，我要不要從此採用總管的建議？

我想起一句話，為了不冒犯總管，我略帶遲疑揣度著他的反應，慢慢開口朗讀般地念：「你可以在所有的時間裡，愚弄一部分的人。在一部分的時間裡，愚弄所有的人。但是你無法在所有的時間裡，愚弄所有的人。」

總管揚了揚眉，他當然知道林肯總統的這段名句，笑了一陣，才說：「當然！當然！但是，我們現在是在一部分的時間裡，面對一部分的人：一部分自取愚弄的人。」

返回營房的路上，烏姬和我都沉默不語，腦子裡不斷反芻總管剛剛灌輸的一番話。不知道為什麼，突然感覺四周特別寧靜，山丘上數台裝甲車，一動也不動地融入夜色中。古老的月光映照古老的大地，古老的文明遺失在戰爭的混沌裡。為什麼啊為什麼？當我終於決定要試試以總管的方式去應對挑戰時，竟感到千年月色一下就被我踩在了腳底？

二、暖氣之戰

在沉沉的夢境裡，似有還無傳來了一陣呼喚，聲聲喚的是我的名字，從遙遠的距離漸漸貼近耳際，還帶著輕微的搖晃，這搖晃把我從睡夢中驚醒，迷濛中睜眼一看，微微的晨光裡，一顆懸空倒掛的頭顱正對著我上下擺動，長長的頭髮一撮接一撮垂下來，遮蓋了半張臉，完全分不清五官。可怕的是，披散的頭髮裡隱約露出一雙眼睛，閃爍著，正近距離盯著我瞧！

哇啊！我發出淒厲無比的一聲尖叫，很快滾到床尾，見鬼了見鬼了！只見頭顱不見身體的那隻厲鬼，竟還在這時急急撥開頭髮，開口說起人話來：「對不起對不起！是我烏姬啊！我在叫你起床啊！」說著就翻身一把從上鋪跳了下來，不斷道歉說：「是我錯是我錯，我不該偷懶，以為這樣反身去搖醒下鋪的你很是方便。」

一大早的，被烏姬如此戲劇化地嚇醒，我按著還在快速亂跳的心口，驚魂甫定，反而覺得非常非常好笑，到底見的不是鬼喲！我笑罵烏姬：「你把我給嚇了個半死啊！你難道不知道，憑空露出一個頭，黑暗中看來真的很像一隻鬼嗎?!」

烏姬一聽，也大笑起來：「的確的確，我根本沒想到會變成這樣一種效果，加上我倒掛的長頭髮……」說著，她披頭散髮、平舉著雙手且掌心向下，殭屍般跳著對我伸出舌頭：「鬼來囉！哈哈哈！」

營房的所有人被我們兩個這樣一鬧，也大多醒過來了，稀里糊塗地，她們只管傳舌說是營房剛剛鬧過鬼，露出萬分恐懼的神色。那個原先企圖霸占烏姬床鋪的大媽，現在居然額手稱慶，幸好沒有睡上鬼床。有幾個比鬼還凶的，惡狠狠瞪著我和烏姬，擾人清夢，她們恨不得化身厲鬼把我們給宰了扔到油鍋裡去呢！外頭熙熙攘攘的，也到了應該起床的時間，大媽們心不甘情不願，摸索下了床。我翻身起來，直接光腳站在地上，低矮壓頂的上鋪床架讓人根本無法坐在下鋪床上。經過這一折騰，我這才感到喉嚨著實疼得厲害，呼吸道無比乾燥，額頭微微發燒，太陽穴還一波接一波地抽痛。亮燈一看，烏姬的情況也好不到哪裡去，只見她滿臉通紅，不斷打噴嚏，兩個人不約而同開口：「糟糕！過敏了！」

可是前一天還好好的兩個人，怎麼才一個晚上就都有了過敏反應呢？我靈機一動，馬上去查看床尾窗邊擱著的插電暖氣機，果不其然，暖氣是開著的，而且是最大度數。在住滿將近二十人，門窗緊閉的小房子裡，氣溫居然高達攝氏三十度！天哪！這不成了蒸籠嗎？我對暖氣過敏，正確地說，是暖氣形成的乾燥空氣，以及閉鎖空間裡熱氣浮動揚起的塵蟎，會令我的肺部與呼吸道產生不適反應。怪不得一整個晚上我都覺得不舒服，連夜盜汗，我還以為是天氣的影響呢！

其實，按照先前總管的規定，營房尾端的暖氣在夜裡是不准開的，只有接近入口的那台可以使用。為了讓空氣流通，室內三扇窗子裡，唯獨我和烏姬這邊的內層窗子必須開著。但是不知是誰半夜起來悄悄開了暖氣，也把我們睡前打開的窗子緊緊閉上了。烏姬鼻子的過敏反應，應該是營房內某種香料所引起的，這些女人都不愛洗澡，淨用濃濃的廉價香料來遮掩體味。烏姬對這種人為因素造成的身體不適感到非常不滿，這過敏原本完全可以避免，她轉身面對全營房的大媽們，大聲問：「是誰開了這邊的暖氣？」

當然沒有一個人會承認的，問也是白問。

烏姬只好對著空氣說：「按照規定，營房尾端是不開暖氣的，而且為了避免交叉感染傷風、感冒，這邊窗子夜間也要稍稍打開，讓新鮮空氣進來。為大家的健康著想，希望你們遵守這個規定。謝謝！」

我抓了抓頭髮，非常擔心這下過敏反應不知道要持續幾天才會康復？如果能避免再開著暖氣睡覺，喉嚨疼個一兩天也就會痊癒；反之，嚴重的時候，卻會引起急性肺炎，以撕心裂肺的咳嗽告終。我們的任務即將開始，兩個翻譯如果同時病倒，那不是壞了大事嗎？

吃早餐的時候，一個老粗模樣的男人向我和烏姬走過來，我當下避免跟他眼神接觸，但是這人顯然是衝我們而來的，他開門見山：「我姐姐說你們在營房裡欺負她，冤枉她開了暖氣毒害你們，是不是？你們給我聽好，這夜裡氣溫太低，暖氣是要開的！」

我放下茶杯歎了一口氣，什麼都不想回答，到底是誰在冤枉誰呢？無中生有的指控，一貫的被害者情結，這不是此地無銀三百兩嗎？我和烏姬根本就不知道是誰開了暖氣，怎麼就有人自己去招認了？且還喊冤？再說，我們根本不清楚這傢伙的姐姐到底是哪一位，又何來欺負之說？

烏姬沉不住氣，也許真的沒意識到跟這群人槓上會有什麼後果，她不客氣地反問來者：「你是誰？你姐姐又是誰？如果真是她開了暖氣，還麻煩你告訴她一聲，這大白天氣溫已經高達三十幾度，夜裡再涼也不會涼到哪裡去的。請她守規矩，半夜不要再去偷開暖氣。」

那老粗立時露出滿臉極度憤怒的神色，我暗暗叫苦，糟糕！烏姬這番話等於完全承認我們的確欺負了他姐姐，一句「你是誰，你姐姐又是誰？」聽在這些人的耳朵裡，根本就是輕蔑與挑釁，他一個大男人的尊嚴，哪能容忍這般踐踏？不能說烏姬並不清楚這些人的邏輯，她大概是被鼻過敏及任務壓力搞得快垮了，才會如此口不擇言。我快速思索對策，希望可以挽救局面，總管教的愚民方式要如何應用？可是腦子裡亂糟糟的，想不出如何去亡羊補牢。

「你們給我記住，要是誰敢動我姐姐半根毫毛，我不會客氣！」那老粗說完就氣呼呼地走了。

我轉過頭來看著烏姬，一字一句正色警告：「烏姬，我們的麻煩開始了。」

「怕個啥？大不了再讓她們去上告總管。」烏姬狠狠擤了擤鼻子，她眼睛因為過敏反應，已經有點浮腫。

「烏姬，事情沒有你以為的輕鬆，請求你，這次一定要聽我的。我經歷過這些人的種種威脅，非常清楚這些微不足道的事情，落到他們手裡，是完全可以形成致命後果的。趁任務還沒開始，我們得好好想個對策！」

步出帳篷的時候，我頭疼得就快炸開來了，手腳卻沒來由地感覺冰冷。和這一群烏合之眾周旋，我徹底沒了方向，不知道前面等待我們的，會是什麼樣的命運？

三、口舌之紛

和烏姬故意磨磨蹭蹭到深夜，估計該睡的大媽也已經睡下，兩人才摸黑回房。撐到半夜的目的，自然是為了睡前能完全確保暖氣不開、窗子不關，好讓那個企圖在我們入睡後偷偷起來開暖氣、關窗子的大媽詭計無法得逞。然而毫不意外的，我們床鋪旁，原本應該打開的窗子早已被關上，暖氣也早就熱烘烘地開著。

我把內層的窗子打開，把外層窗門虛掩好，並確認從外無法往內窺望，僅留下十公分的縫隙讓空氣進來。烏姬把開著的暖氣關掉，心中到底有些不忿，這些人把規定完全當耳邊風。室內空氣極其渾濁，如果白天開窗流通過，現在也不致如此。在彌漫異味的空氣中，兩個身體感到極度不適的人努力嘗試入睡，翻來覆去地，費上好長一段時間，才漸漸安靜下來。

不知道睡了多久，喉嚨卻又疼得我醒過來了，頭痛欲裂、臉頰發熱、鼻塞，每呼吸一次都感到肺部在燃燒。我從床頭摸出保溫瓶，喝了一大口水後，聽見烏姬在輕輕喚我，她問說：「現在幾點了？」我看看錶：「四點鐘。」她又低聲問：「暖氣好像開著吧？為什麼我的症狀愈來愈嚴重？」

我一聽，探頭一看，暖氣果然是開著的，再一抬頭，窗子居然也緊緊閉著！一股熱血頓時沖上腦門，這些王八羔子！我和烏姬上床休息時已將近凌晨一點鐘，又折騰了很久才真正睡下，居然有人有那個能耐撐到兩點鐘之後起來搞鬼，這饒有心機的行為已接近變態。就算那某個大媽真的感到寒冷，半夜三更的，躺在暖洋洋的被窩裡，正常人又哪會捨得離開溫暖的被窩下床，鬼鬼祟祟搞這樣的勾當？

我把窗子打開，烏姬也千辛萬苦爬下床，兩個人靜悄悄合力把沉重的暖氣機抬離插座，而且故意就差個五公分搆不著的距離。哪個大媽如果再來開暖氣，除非也是兩個人，就看她獨自一人怎麼去拉扯那五公分的差距?!

天亮的時候，我和烏姬畢竟沒有休息好，加上暖氣與惡劣的空氣加重症狀，兩個人都下不了床，心裡很是焦急。我們的健康狀態畢竟會影響執行任務的水準，而這些都會被一一記錄在案。這一來，總管教的那套低聲下氣的「愚民策略」，兩個被激得難以平心靜氣的女翻譯都覺得再不屑去應用。

領早餐的時候，那個滿嘴一派胡言的豆腐乾大媽故意插隊排在我和烏姬面前，我馬上轉身跟烏姬說：「由她去！不要發作，不要理她，她是故意來挑釁的。」

可是經過這些天的折磨，烏姬已無法再忍受這些沒教化的人的行為，她發飆了：「喂！你幹嘛不排隊？」我無奈歎氣，烏姬根本就是自投羅網。

豆腐乾人媽凶巴巴回應：「我本來就排在這裡。」

「我們更是從昨天起就排在這裡呢！」烏姬回敬。

我轉身背向豆腐乾大媽，對烏姬說：「求求你，不要再理她好不好？這些人心理不平衡，總是需要製造一個仇敵來共同洩憤。我們跟這女人從未有過節，她根本就是故意在找機會吵架，來發洩她莫名的不滿，你為什麼要給她這個機會？」

然而為時已晚，不出所料，豆腐乾大媽順著話頭開始罵：「兩個婊子！成天只會打扮妖冶去勾引大兵的婊子！臉上這會撲撲，那會畫畫，弄得像在度假。人家來工作，兩個婊子就只會花枝招展去勾引男人。」

我依舊背對著豆腐乾大媽，不去聽她的汙言穢語，在她開罵的同時，我很不滿地對烏姬說：「你看，我不是說了嗎？她根本就是要找機會臭罵我們，是你給了她這個機會。」

烏姬在豆腐乾開罵的同時就已意識到自己犯的低級錯誤，然而這傻瓜居然還忍不住跟罵街的潑婦對看，一副洗耳恭聽的模樣，臉上隨即露出難以置信的表情。豆腐乾正大動作比畫罵的是烏姬跟男人「調情」的舉動，那番話令人啼笑皆非。按照豆腐乾的說法，我和烏姬進到總管辦公室是去「獻身」，和男兵同桌吃飯是「不要臉」，勤於洗臉刷牙是為了準備「跟男人親熱」，而開窗透氣，是為了「方便男人夜裡爬進來」！

告訴我，在高唱清規、戒律高調的所有宗教信仰裡，有哪個能比這些個的約束與教化更虛偽地在乎著「性」，更醜陋地表現出「思極邪」?!

我跟烏姬說：「你真的不要再搭理她，這些人只是圖個發洩，清清楚楚穆斯林女性的壓抑世界。她對我們享有的男女平權及自由是心懷嫉恨的，她自己倒未必意識到這點，你回應她就等於上了她情緒的賊船，你憤怒就更是讓她正中下懷。現在，我們要反其道而行，要一起若無其事地笑，很快樂地笑，再生氣都要笑，要對她說的話置若罔聞，這才是最有力的回擊！」

烏姬配合著我，把豆腐乾大媽的詛咒權充耳邊風，由她去獨自罵街，兩個人還開始談笑風生得很旁若無人，表現得完全沒有被激怒的樣子。果然，豆腐乾看見我和烏姬在笑，更顯得怒不可遏。在這些人的觀念裡，罵人婊子大概就是最惡毒的話了，然而她面前兩個被罵婊子的人竟還無動於衷？這無疑挑戰了她一直深信不疑的價值觀，豆腐乾這下歇斯底里起來：「婊子，笑什麼？有什麼好笑的？」

這個問題倒是應該回答的，所以我頭也不回就對烏姬笑說：「哎！因為我們快樂，非常快樂！」烏姬也唱和著笑哈哈一片：「天呀！我們度假度得很開心哪！」邊說還邊掏出唇膏往嘴上塗一塗。

也許因為沒有跟她正面對峙，體現了對她的輕蔑，加上我和烏姬那一副滿不在乎的模樣，豆腐乾大媽抓狂了，她居然伸出手來扳我的肩膀，怒氣沖沖地叫：「婊子，你說，有什麼好笑的？」

我的忍耐力到此刻徹底崩潰，回身用力甩開豆腐乾的手，我用上這輩子最高分貝的音量吼回去：「放開我！你他媽的給我放手！我就是要笑，我笑因為我高興，怎麼樣？」

這一大吼，周圍大兵都看過來，一個大兵近前關切地問：「你們沒事吧？」

豆腐乾見狀馬上退縮，不敢再跟我們吵，她大概沒料到一向忍氣吞聲的我，不吼則已，一吼竟吼得如此石破天驚！她離了隊伍，轉向附近其他人，開始哭訴我和烏姬串通大兵欺負她，這混帳傢伙原來竟如此欺善怕惡？烏姬和我一吼吼出了自信，雖然喉嚨因而疼得更厲害了，可是兩個人早餐吃得無比開心。

至此，事情並沒有結束，我早就說過，它不過是個開始。下午，總管神色凝重對我和烏姬說：「你們兩個，馬上去收拾行李，我必須把你們遷離此地。我有足夠的訊息提示，有人要對你們不利。」

我和烏姬聞言呆若木雞，總管不解釋，我們也無法問到底發生了什麼事？

「我先用兩個替補翻譯取代你們，然而原來的任務，還是需要你們兩個去完成，畢竟準備了那麼長的時間，草率換人恐怕會誤事。你們現在先到一個比較隱蔽的地點去，那裡還有另外三個跟你們同樣處境的女翻譯。我會對外宣稱你們被開除了，就這樣。快去收拾個人用品吧！睡袋、被單的什麼都別帶，我另外提供，車子也已經給你們安排好了。」

收拾好行裝後，那些大媽笑意盈盈地，幾乎就要拍掌叫好的樣子，原來我們被開除的消息已經不脛而走。烏姬深感屈辱，跨進車裡就非常不滿地抱怨：「到底發生什麼事？怎麼總管也不肯告知一聲？」

我說：「別急，你忘了他說另外還有三個翻譯跟我們同樣處境？到了目的地一問不就知道了。」

話雖這麼說，可是我的頭上一樣烏雲籠罩，局勢應該非常不一般，才會到了要我們離開的地步，到底發生了什麼事呢？

四、阿丐之亂

司機把我和烏姬載到一個很小的村莊，沒有幾戶人家居住。村莊周邊駐守的居然是蘇格蘭部隊，密密麻麻的帳篷擠在一起，防衛極其森嚴，高高的瞭望台布滿四周，層層堆積的沙包後露出一個又一個機槍口，士兵一刻也沒有鬆懈地盯著各個方向，這類型的集中地叫做「前線作戰基地」⓫。

踏進低矮的建築裡抬頭一看，茱莉亞、瑪利亞及漢娜三個傢伙正嘰嘰喳喳談話談得不亦樂乎，看見我和烏姬出現，驚叫起來，連連追問：「怎麼你們也來了？」

我無奈攤開雙手，「總管說有人要對我們不利！」

「啊！那些『阿丐』⓬也找上你們了?!」漢娜不無惶恐地輕呼。她是個年輕女孩，

⓫前線作戰基地：Forward Operating Base，簡稱 FOB。
⓬恐怖組織 Al-Qaeda（蓋達）的簡稱。

經歷過車臣叛亂分子製造的動盪不安，一邊非常憤恨所遭遇過的家破人亡，一邊卻總是心有餘悸地極端害怕恐怖分子。

「哪裡來的阿丐？」烏姬問。

「據說偽裝成阿拉伯翻譯混進來了。」茱莉亞回說。

「糟糕的是，他成功拷貝了翻譯員名單，現在所有當地男翻譯都人心惶惶，害怕自己家人遭受報復。」瑪利亞補充。

看來這三個人掌握的訊息比我跟烏姬多，大概事發突然，總管所以才來不及跟我們解釋，上頭現在恐怕都在忙著追查名單的下落，以及誰是那個潛伏的阿丐與他們的人數吧？

「本來大夥好好地在吃飯，後面那張桌子的人卻不斷用椅背往後蹭，蹭著蹭著就整個人蹭靠到我身上來了，我不過回頭說了句，請他挪一挪，他就不依，開始罵人。」茱莉亞敘述她們三人的遭遇。

事情的發展就是，在這樣一個國家，被女人訓斥太傷男人尊嚴了，所以，那整桌子不甘心的男人，偏偏往後挪椅子，把自個坐著的椅子全都後退著挪到茱莉亞、瑪利亞及漢娜的身後，三個女翻譯被坐在椅子上的四、五個大男人卡在了座位上，動彈不得。年輕氣盛的漢娜沉不住氣，破口大罵：「你們這些王八蛋，欺負女生還算是男人嗎？」

我聽到這裡，不斷搖頭，看看這些大男人的德性吧！幼稚成什麼樣？而他們的男性自尊，卻又膨脹得什麼樣？被茱莉亞訓斥，對他們而言已經大傷顏面，又經漢娜這一吼，更形同挑戰了他們男性的威嚴，於是乎，有人作狀要摑漢娜耳光，有人拉茱莉亞椅腳想把她翻倒，有人用鋼盔用力敲瑪利亞椅背，等管理員趕到時，那些人已作鳥獸散。

通過認人步驟，茱莉亞、瑪利亞及漢娜很快認出鬧事的那幾個人，總管毫不猶豫開除了他們。可怕的是，第二天夜裡，她們在回營房的小路上碰見了這群被開除的人，他們到底是如何混進來的？陰影浮現，這事情的詭異之處恐怕就在於基地有內鬼，怪不得鬧事者有恃無恐。營房不再安全，所以三個女翻譯馬上就被撤走，軍方當然不會把女翻譯置於危險的處境裡。

那麼，我跟烏姬的情況呢？在情報部執行翻譯任務的瑪利亞說：「你們的營房也有古怪，裡面有兩個大媽其實是身負重任的，她們的愚昧被大大地利用。」

哇！我跟烏姬忍不住掩口驚叫，寒毛豎立，總管到底厲害，他不是一早就對我們發表過一番「愚昧論」嗎？我們來不及駕馭的愚昧，早被阿丐們盡情利用。

「實情我也無法完全透露，你們的營房本來就是個小型戰場。不過，你們現在安全了。」瑪利亞安慰。

「可是，我們的任務還是必須執行。」我有點憂心忡忡，營房戰爭並沒有結束。

「我們的任務倒是完全中斷了。」漢娜舒上一口氣，很是慶幸。

茱莉亞安慰說：「剛剛有大兵來通知，總管黃昏時候會來向我們彙報事情進展。這地方是安全的，就先好好休息一番吧！我要玩玩Scramble字母拼湊遊戲，誰要參與？」

字母拼湊遊戲一直都是翻譯間的最愛，有時候甚至兩、三種語言齊來，在彼此挑戰的同時，語言能力大大進步，可是這個時候，五個人裡面只有茱莉亞有這個閒情逸致。

「唉！經歷這次營房事件，我已經不想再在這兒工作下去了。」烏姫感歎，漢娜也不斷點頭認可。

我說：「我也這樣想呢！如果再派給我必須跟這群人、這個文化周旋的任務，我也不惜辭職。我現在迫切期待任務結束的那一天，迫切渴望回到我所熟悉、認知的文化環境裡，那種對於文明社會的眷戀，從來沒有如此強烈過。」

茱莉亞說：「跟那些女性同住一個屋簷下，本來就不是件容易的事情，跟那些男性共事，也從來不是件輕鬆的任務。營房總是雞毛蒜皮的爭執，辦公室永遠是男性沙豬的騷擾。」

茱莉亞這番感慨，讓人想起不久前在她身上發生的無妄之災。一個企圖性騷擾茱莉亞的男子，在目的沒有達成後，竟上告總管說，目擊茱莉亞在澡堂跟某個男翻譯胡來，由於有一群證人在背後支持他的指控，茱莉亞被停職數週，直到調查完成。事件最後不了了之，可是這對茱莉亞名譽上造成的傷害，卻是無法彌補的。我想起自己經歷過的「按摩事件」，何嘗不是這樣？那些人蠻不講理的行徑，從來沒有改變過，動輒訴諸暴力，所思不外仇恨。當這些人義憤填膺投訴女翻譯對他們的態度不友善，甚至指責女翻譯們種族歧視的時候，他們何曾想過，這是多少痛心疾首的反思所形成的防範機制？

這次的營房戰爭，期間事件的急轉直下，堅定了我想離去的決心。五個女翻譯裡，除了茱莉亞，四個都起了離開的念頭。歷經無數不愉快的紛爭，加上這次的性命威脅，每個人都感到無法再把生命浪費在這樣的環境裡。

等待夕陽西下，等待黃昏到來，翻譯之間的談話愈來愈少，門外駐守的士兵來來去去。日暮時分的異地，透露著說不出的詭異，它代表這一天的結束嗎？還是另一天的開始？

星光黯淡之夜

那是個星光黯淡之夜，行動在那一天執行，當然是因為早就算計好，正為了那夜的星光黯淡。黑夜，將是所有行動最好的掩護。

原是個輕鬆自得的夜宴，當呼嘯的晚風漸涼，漫天的塵沙已靜，隔間男性專用的客廳裡，有人開始輕輕敲擊羊皮鼓，歌聲隨即響起，帶點傷感的情緒。而這邊廂女性專屬客廳內，在女主人與其親屬的殷勤招待下，場面顯得溫馨一片。

一頓吃喝，氣氛炙熱的時候，外面天空突傳來戰機壓境而過的轟轟響聲。我一向不怕震耳欲聾的轟炸聲，唯一害怕的就是這類戰機在頭頂飛過的聲音，它是如此沉重，鋪天蓋地由遠而近，如此叫人心慌，似乎大地都在震動，人類文明就此走向結束。

騷動以後，一切回歸平靜，隔壁客廳在寂靜中響起叮叮咚咚非常清脆的琴弦聲，伴著一道蒼老的吟詠，如泣如訴。我把耳朵貼在牆上，專心地聆聽，那應該是此地傳統的撥弦樂器Qanun，一個庫德老人曾經教我如何撥奏，它清脆的琴音有如古箏。彈奏與吟詠的顯然不是同一人，琴弦輕撫的時候，伴說的那股吟詠鏗鏘有力，輕聲細語的那刻，琴弦卻顯得急躁不安，兩相對比的方式，矛盾卻和諧地訴盡亡國愁緒。這樣的夜晚這樣的低吟，它喚起那些久被遺忘的事物，連年戰亂的確讓人們幾乎忘記了，這古老的國度曾經有過詩。

烏姬從另一角走過來，輕輕拉扯我的衣袖，捏捏幾個手指頭暗示我時間。我略略整理衣裝，把頭紗放下來，準備和她一起撤退。正和女主人客氣道謝的時候，遠處卻突然傳來爆炸聲響，糟了！我跟烏姬很快對看一眼，爆炸原是約好的警示訊號，也就是行動開始的意思。按照計畫，我和烏姬原該在它響起前五分鐘撤退到村口一間防守森嚴的民宅裡，本來，五分鐘的時間，以我們的行動速度是完全不成問題的，可是現在爆炸卻提早發生了，不管出於什麼原因，我和烏姬馬上意識到可能來不及全身而退。烏姬和我握住彼此的手，兩人同時將背部緊緊貼牆站立，人群尖叫著，再也不顧男女有別，一窩蜂往門口擠。我拉著烏姬小心謹慎地往反方向的廚房退去，那裡有一扇側門。

好不容易把門打開，黯淡的燈火裡，院子外頭的天空硝煙四起，迷濛一片。正要和烏姬不顧一切拔步開跑時，身後突然出現一名女子，緊緊拉住我手臂，以幾乎要哭出來的聲調哀求：「幫幫我！幫幫我！我有五個月的身孕！」

我和烏姬愣住了，整個村莊其實已被封鎖，那些潛藏的武裝分子反抗起來的時候，槍戰中子彈是不長眼睛的，倒楣的話，女性、小孩往往還被強拉去當人肉盾牌。我怎樣也無法狠心扔下一個懷有身孕的女子不顧，看看烏姬，她眼神也流露著憐憫，兩個人什麼也沒說，同時伸手拉著那孕婦就跑。飽受驚恐蹂躪的她步履慌亂，跌跌撞撞中，我打著手語要烏姬在前面領路，由我在後面跟著照料孕婦。雖然村莊地圖早已記得滾瓜爛熟，然而黑暗中，突發的路線改變，還是叫我心裡開始浮現憂慮。我們離開的時間已經在計畫之外，但凡在計畫之外的行動，無疑將面對巨大風險。

果然，就在靠近原本目的地的時候，發現那兒早已亂糟糟擠著企圖逃離村莊的人，彼此推推搡搡，可怕的是他們根本不知道，這條路線正好讓自己陷入包圍網。低矮的灌木叢後面，是好幾台坦克，一動不動地，黑暗中往往被誤以為是沙丘。我不敢繞路而逃，太清楚這些坦克只要稍稍移動，那麼近的距離，不小心就會被輾成肉泥，留在人群中的風險顯然比繞坦克而去要低。

「這些英軍到底知不知道我們在這裡？」烏姬猛地一問，這是個英、美聯合的行動。

「應該知道的吧？指揮官總不能忘了通知他們，對不對？」我雖然這麼說，可是心裡也沒底，這原是個機密任務。

就在這時候，幾束強光「轟」地隨著坦克開動聲由四面八方朝人群集中照射而來，眾人齊聲尖叫、推擠，有人摔倒在地，被他人踩踏著，哀號不已。那光線強烈得令人眼睛幾乎睜不開，我聽見士兵開始發射催淚彈，很快地，四下煙霧迷濛。烏姬急了，她不顧一切拉下面紗，高舉雙手對著坦克揮著手語暗號，旋即又停下來雙手掩鼻，以圖減輕催淚彈的辛辣刺激，眼淚鼻涕齊流，催淚彈嗆得人直咳嗽。即便烏姬不斷打手勢傳達訊號，煙霧迷離中誰又能看見什麼呢？身邊懷孕的女子歇斯底里哭泣叫喊，我不得不把她抱住嘗試要她冷靜下來，掏出口袋裡含有特殊成分的濕紙巾，讓她掩住口鼻小心不要吸入太多濃煙，我急急思索要如何脫離險境。五台坦克其實已把人緊緊圍在圈內，這些龐然大物根本就是跨不過去的圍牆，怎麼辦才好？

忙亂中一個錯眼，烏姬不見了！

我伸長脖子睜大眼睛張望，然而催淚彈讓人毫無辦法，我的眼睛刺痛得幾乎睜不開，眼淚流滿雙頰，鼻涕淌到下巴，汗水淋漓中我的心臟開始狂跳，「烏姬！烏姬！」我大叫，眾聲嘈雜中，烏姬卻真的消失了。

一切的發生不過就是短短兩分鐘內的事，坦克亮著強光沒有移動，被圈住的人像是一群待宰的羔羊。我拖著那懷孕女子，開始往左邊撤退，不能再找烏姬了，這事必須當機立斷，本來就已預設過這類失散時候的應對方式。目的地就在前面一百米處，說不定烏姬已經及時逃過去了。

坦克群是堵著村莊路口包圍的，背對村莊左邊與右邊的兩台坦克，與中間面向村莊的另三台坦克之間，有著較大的「縫隙」，我揣測著這也許是較安全的逃離路線，雖然得冒著被坦克履帶捲進去而整個人被撕裂的危險，但在圍剿與槍戰發生以前，這已是唯一出路。我把口袋裡類似手電筒的一支小棒子拿出來，遞給身邊女子，急促地說：「這東西你握好，這是把特殊器具，不用來照明，是用來認人的。記住，萬一看不見我了，記得用這東西照射，它照在我身上的時候，這幾個地方是會反射光線的。」我指指身上的幾個部分，「你萬一在黑暗中跟我失散，就用這個方式找我、跟緊我，好嗎？」

女子以為我就要拋下她自己逃走，竟下死勁捉住我，尖尖的指甲陷入我肉裡，疼得我大叫起來：「媽喲！我說的是萬一啊！」

在我飛一般從兩台坦克中間奔跑而過的時候，左邊的坦克竟轟地大力扭轉過來，啊！我失聲尖叫，這驚嚇還真不小。懷孕的女子跌倒了，我大力拖拽著她，直接滾進前邊不遠的河溝，幸好水是淺的。站立起來以後，顧不上面前的灌木叢長滿多少尖刺，我拉著已經幾乎昏死過去的那女子，奮力穿過。謝天謝地，前面就是目的地！意識到已經脫險，我整個人開始虛脫，竟不能自已發起抖來，雙膝抖得幾乎無法站立。這混帳的軍隊怎麼敵我不分？這一生，我還未曾經歷如此巨大的恐懼，內心非常清楚，剛剛擦身而過的，根本不是坦克，而是暗夜裡的死神。

那所民宅前面，駐守的士兵馬上認出了我，看見跟我同行的不是烏姬，他臉上流露一絲驚訝，我趕緊問：「烏姬還沒回來嗎？」

士兵搖搖頭，卻適時安慰：「別擔心，她大概採用另一條路線，很快就會回來的。」

可是烏姬並沒有回來，兩天的時間過去了，烏姬依舊沒有回來。衝突地點沒有她留下的蛛絲馬跡，因此可以確定的是，她並非在現場遭遇不測。那麼，烏姬哪裡去了？

「烏姬死了。」總管說，那是事情過去一個禮拜後。聞言，我的呼吸頓時變得急促，內心一陣狂喊：「我不相信我不相信！」

「取她命的，懷疑是一個跟你們起過衝突的女子的親屬，他在混亂中伺機報復。」總管表情混雜著懊惱與痛惜。

事發經過的描述，在事後追蹤的過程裡，我已經重複了很多遍——烏姬扯下面紗、打著手勢，然後一錯眼，就不見了。手勢與面紗，或許不幸洩露了她的身分。

「難道就真的為那一點衝突？」我問總管，也問自己，聲音是喑啞、苦澀的。總管擺擺手不願意透露更多細節，我瞪著他，很久很久，知道再問也問不出個所以然來，可是就是無法將目光從總管臉上移開。意識消失了，時空錯亂了，我只是瞪著，腦中不斷迴響烏姬說的那句話：「經歷這次營房事件，我已經不想再在這兒工作下去了……」

命運到底跟烏姬開了個殘酷的玩笑，她竟來不及離開。總管走過來，輕輕拍了拍我的肩頭，把我喚醒在眼前的現實裡。

然而我醒在從前太平盛世中的浪漫夜晚，滿天燦爛的星光，我曾經在星光下為生命所有美好的事物許願。烏姬死了，在生命如斯脆弱的地方，她來不及道聲再見就走了，走得如此悄無聲息，像是滿天的星星突然熄了燈，留給我的，是宇宙洪荒中一個如此黯淡之夜的記憶。

沙豬和空姐的故事

哈馬迪年約四十五歲，在基地裡第一次碰見我，就很熱情地主動過來打招呼。他說他原是伊朗人，現在拿的是加拿大護照。更重要的是，他強調：「我曾經有過一個臺灣女朋友。」

我早就說過，受夠了這區域男性對女性的凌辱之後，伊拉克人也好，伊朗人也罷，我對這些大男人一律保持退避三舍的態度，這當然無關種族或信仰，而是他們根深柢固對待女性的態度惹毛了我。我有我自己的女權天秤，就算是一個歐美人，如果他流露出一點點沙豬意識，我也會毫不保留地表現我的厭惡與鄙視。

也不管我是在跟英國空軍司令正談著話，這個哈馬迪趁著間歇，毫不客氣插上了話，還無比自豪地祭出臺灣前女友來企圖跟我套近乎。我淡淡地，在他如數家珍介紹自己與前女友的事蹟時，根本不去聆聽，橫飛的口沫下，我完全不搭腔，我不需要因著對方曾經有個亞洲女友，就跟他來一番攀親認戚。

然而空軍司令顯然被他的故事所吸引了，在陽剛而極度缺乏女性的軍中，在亞洲女性永遠是溫馴聽話好老婆的假象下，擁有一位亞裔女朋友，是何等令人羨慕的本事啊！剛剛離婚不久的空軍司令顯然需要這種故事，來鋪陳他對未來美好的想像。

「她是國泰航空的空姐。」哈馬迪開始吹噓，「我在飛加拿大的航班上認識她。」

空軍司令露出一副又羨又妒的複雜表情，輕輕歎上一口氣。罷喲！我嘲笑著用手肘碰了他一下。哎！你何必就此黯然神傷，感歎自己雖然也開飛機，卻沒有動輒碰上空姐的機遇，碰上導彈的機會雖然多一些，卻也沒必要流露如此一副可憐相吧？

「快下飛機的時候，這空姐親自過來跟我要電話號碼。唉！可見她真的是對我一見鍾情了，竟主動來跟一個男人要電話。」

我本來就要轉身離開的，聽見這樣一句話，遂轉念決定留下來繼續聽他胡扯，我要看看這又一隻沙豬要意淫他膨脹的自我到什麼樣的地步？

「我剛剛回到家裡，才擱下行李呢！電話就來了，就是那個美麗的國泰空姐。」哈馬迪說。

「她大概很寂寞吧？聽說空姐每每飛到一個陌生的城市，都會感到特別寂寞的。」空軍司令猜測。

我抬頭看看空軍司令，你啊這是在移情作用，自傷身世？

「就是！就是！空姐寂寞得很呢！」哈馬迪眉飛色舞，很高興空軍司令那麼了解情況。「所以，她馬上就建議過來給我做頓晚飯，說我們在家裡一塊吃。從伊朗飛過來，快二十個鐘頭的時間，她還那麼慇切，如何叫人拒絕？我當然就答應了。」哈馬迪繼續。

哈！國泰航空的空姐原來如此精力過人啊？飛了二十個鐘頭，下了機還願意給個萍水相逢的乘客上門去做飯？慢著！國泰航空有從伊朗飛往加拿大的航班嗎？

「吃完飯後，哎喲！你不知道，那空姐是如何地熱情如火喲！」哈馬迪滿臉春色開始露骨地描述，我冷眼旁觀，對這樣的情節一點也不意外，故事當然是要誇張的，愈自卑的人愈需要這樣活色生香。

「後來，她就決定跟我同居了，不管她飛到什麼地方，總是一心一意回到我們這個家來的。這樣飛來飛去的日子，一過也就過了四年。」

「那時候，你在加拿大幹什麼？」我問出了第一句話，我不好奇，我只是想求證國泰空姐會「犯賤」到什麼地步？這吹牛大王把天下人都當成沒乘過飛機的傻瓜了。

「那時候？失業啊！像我們這樣從伊朗來的人，哪有這麼容易找到工作的？不過領取失業金過活罷了。加拿大政府真笨，不用工作，它還白白給你鈔票花呢！」哈馬迪語氣不無得意。

這句話一出口，空軍司令皺了皺眉頭，英國也有不少靠社會救濟金過活的人，福利制度的濫用近年來成了英國朝野爭執不斷的問題。

「後來你們為什麼分手？」我步步逼近，這個人天花亂墜也該夠了吧？

「懷孕！瞞著我偷偷懷孕！」哈馬迪講故事講到了高潮，「我見她換衣服的時候總是遮遮掩掩，有點奇怪，有一天趁她衣服換到一半，我撲過去一把扯下，就看見了圓鼓鼓的肚子，她這才承認，懷了三個月身孕！」

這回，輪到空軍司令沉默了，我知道年近四十的他跟前妻一直想要小孩，可是結婚十五年也沒有消息，最後還是因為這個原因離的婚。

「我逼著她去墮胎，警告她說如果不照著做，我就和她分手。」哈馬迪說，理直氣壯。

「最後呢？她硬是要保住小孩，所以你們才分手的？」

「才不是，她很愛我啊！沒有我她活不成。所以就很聽話地，自己一個人去拿掉了。」說著，還大大吐了一口氣。

「自己，一個人，去拿掉？」我瞪著他，故意重複，一字一句，慢慢地。

「當然，她自己要的孩子，當然自己一個人去拿掉。我本來就說過不要孩子，我養不起，等以後經濟穩定了再說。」

「那時候她幾歲？」空軍司令突然問。

「三十二吧?!」

嗯！國泰航空一個三十二歲偷偷懷孕還在四處飛的空姐，有意思。國泰航空有如此笨的空姐跟如此寬鬆的管理制度嗎？

「半年後，這婊子重施故技，她又開始遮遮掩掩，被我發現的時候，已經五個月身孕！」哈馬迪說到這裡，頓了頓，滿臉怒色，他提高聲調，食指點點幾乎點到我鼻尖，「我說，『這是最後一次警告，你怎樣也得給我去墮胎。』我講過千百次不要孩子的，她還以為可以兒戲！」

我忍不住打了個寒顫，五個月的身孕還去墮胎？轉頭看看空軍司令，他臉上也盡是不忍的神情。這個混帳傢伙的敘述完全事不干己一樣，他沒有丁點痛惜那是自己骨肉，沒有丁點擔憂女朋友必須承受的風險，沒有丁點理解一個三十二歲女人想要孩子的渴望。

我跟空軍司令沉默著什麼也不說，我看著遠方緩緩消失的夕陽，空軍司令低頭盯著自己的靴子。那隻混帳沙豬說得興起，洋洋得意，「我逼她去墮胎，她要我陪著去，我拒絕了，我說我一個大男人不需要為你的決定負責任，你給我乖乖地去拿掉，再乖乖地回來，回來也妄想休息，你給我乖乖地做家事，誰叫你又自作主張偷偷去懷孕？哼！」

我聽到這裡，刷地一下背轉身離開，這個自私的混帳傢伙是如此令人噁心！他漏洞百出的說詞裡句句都在透露他的沙豬意識，大言不慚之餘完全沒有絲毫愧疚，這世上哪有人把逼女朋友墮胎的事還說得如此振振有詞的？如果我手上有把槍，難保我不會對準他那顆豬頭扣下扳機。那個可憐的臺灣女子啊！管她是不是國泰空姐，跟這沙豬的過往關係被如此消費，她的遭遇實在讓人同情。值得慶幸的是，不管過程是不是這頭沙豬所描述的那樣，還好她跟他分手了。

當然，我沒有把話聽完轉身就走的方式，大大地傷了沙豬的顏面。在沙豬眼中，女人就該立定乖乖聽他講話的，我如此不把他放在眼裡，他哪能吞下這口氣？在基地裡他既不能對我怎樣，就只好採取了下作的，對我惡意中傷的報復方式，這手腕我一點也不陌生，這些沙豬的水準不過如此。我是不在乎的，我不介意因此事樹敵，尤其那敵人不過是頭豬！

飲用水驚魂記

和安娜結伴上洗手間，一路上兩個人嘰嘰喳喳地，話怎麼說都說不完。幾個月來因為任務調派，我沒有跟安娜共事，在不同的基地被阿拉伯人圍繞著生活，我獨來獨往嘗盡孤單滋味，日子形同嚼蠟。現在兩個人又被調配一起，在同樣的單位負責同樣的任務，兩個人都很開心，又開始一心一意計畫要如何去作弄大兵。

路上，經過我們身邊的悍馬車內，有大兵大聲呼叫我們的名字，抬頭看看，車窗裡頭盔下的面孔幾乎都一模一樣，根本沒法分辨到底是哪個兄弟？我和安娜停下腳步，胡亂揮手回應招呼，兩個人站立在路邊一點也不肯靠近那些車輛，僅遠遠喊話回答，這是安娜教我的方式，她說：「一般來說，如果有車子停下來，管它是打招呼的還是問路的，都不要靠近車窗去認人或者回話，倒不是為了安全因素什麼的，這反正我們都懂，而是你這一靠上去，就落了個『阻街女郎』的形象！」

安娜這一解說真令我佩服得五體投地，怎麼從前就沒想過這點呢？我說：「在德國，人家停車問路，我聽不清楚，一般都會趨前去聽個明白。有時候看見是女的，還會熱情探頭給她在地圖上指路呢！」安娜聽罷大大搖頭：「人家問路，我聽不清楚的話，就只怪對方聲音不夠宏亮，是他的問題不是我的問題，他若真要問個明白，就該停車下來問，我才不靠上去。」

說著說著兩個人走到了廁所門前，這個混帳基地的廁所是男女翻譯共用的，但見入口大門已經打開，地上濕漉漉的，一個阿拉伯男翻譯正拿著長長的塑膠水管在噴洗馬桶。我和安娜馬上停下腳步，沒想到那人竟氣沖沖地一把扔下水管對我們叫囂：「再走一步試試看！你們這些沒家教的，眼睛瞎了看不見我們在洗廁所是不是？」

我拉了安娜轉身就走，對這些人，我已經完全失去跟他們交談的興趣，是讚是罵，我皆沉默以對，以免節外生枝。可是安娜卻急急甩開我的手回身去解釋：「我們不都明明停下腳步了嗎？怎麼你這就開口罵人？和和氣氣地說話難道不可以？再說我們來之前也都不知道你們在清洗廁所。」

安娜的語氣完全沒有挑釁的意味，不過討個說法而已，她的聲調甚至是平和的，可是沒想到那阿拉伯翻譯的身後竟冒出另個阿拉伯大叔，突如其來凶巴巴地吼：「我們是替你們負責洗廁所的嗎？」

安娜一聽，又一個不可理喻的傢伙，她擺擺手不願意再回話，轉身就走。其實洗廁所是大家都要輪流幹的活，不存在我們或你們之分，不明白為何這些阿拉伯翻譯心態卻如此不平衡。安娜拉著我的手臂離開，臉上滿是懊惱的神情，自己抱怨說：「真是後悔啊！幹麼要去跟這些人理論？我以為客氣又合理的回他話，是可以把事情說清楚的，怎麼就換來這樣一場聲大夾惡的怒吼？」

我不客氣地哈哈大笑：「都跟你說過了同這些人是沒有辦法溝通的，何苦一再碰壁？」

安娜很沮喪：「唉！真叫人難以明白，他們為什麼總是那樣憤怒？老以為別人都不安好心。」說著，還回身去瞧，這一回身，安娜愣住了。

「什麼事？」我也跟著轉身去看。

剛剛那兩個罵人的人，現在正站在廁所門外，往那可以裝五加侖飲用水的軍用水箱灌水。一般上，六個水箱灌滿後，就得用推車把它們運回茶水間，供大家泡茶煮咖啡，這是個男翻譯們輪流負責的任務。讓我和安娜傻了眼的是，剛剛還用水管在噴洗馬桶，然後一怒又將水管甩到髒兮兮廁所地上的那個人，現在正拿著同樣的水管，一把把它塞進水箱裡灌水！

安娜和我同時感到胃裡一陣翻滾，大啊！這兩個禮拜以來所喝的水，如果都是由這些阿拉伯人所輪值負責的話，我們不都喝了廁所髒兮兮的洗地水了嗎？那條水管，誰知道他們是否也用來洗過他們如廁後的屁眼呢？他們有沒有故意拿來淌過馬桶裡的汙水？

任何言語都無法形容我和安娜那一刻的噁心與驚嚇，我們一直都對所提供的飲用水如此放心，甚至還注入水瓶帶著生喝，誰會想到運水的人根本沒有衛生常識，或更進一步地說，誰會想到運水的人會把這項任務當成了宣洩情緒的管道？我實在實在壓不住內心極大的厭惡與反感，這些人對他人的莫名仇恨，已經讓他們內心、行為扭曲到如此病態的地步！

路上回營的悍馬又傳來一陣大兵呼叫我和安娜的聲音，禁不住胃部一陣陣的抽搐、作嘔，我和安娜這次沒有「遠遠站著、遙遙對望」流水車陣，而是彼此扶持著近前去揚手招呼。看見一輛後座沒人的悍馬，乾脆拍門叫停，二話不說，開門登車，去它的阻不阻街，兩個女翻譯有氣無力地要求：「載我們回營房去！」

當文明遭遇不文明

天色還黑濛濛的，營房大門即響起一陣急促拍門聲，其實是重擊聲，「砰砰」地一連串，還在熟睡的女翻譯都驚醒了，好幾個人還壓著胸口喘氣，睡夢中被如此急迫的拍門聲叫醒，任誰都要以為軍中是否遭遇不測？我本來就有個起早的任務，正整裝待發，所以突如其來的重擊聲並沒真正嚇到我，過去兩年來都在迫擊炮或槍彈的聲響下入眠，這點聲響真不算什麼。

隨著重擊聲停頓後，來人並沒有容許什麼讓人披衣整頓的時間，就徑直拉開門。背光的身影依稀認出是我們一班翻譯大軍的指導員，他不客氣亮了燈，中氣十足大喝一聲：「十分鐘後所有人到總管辦公室前的空地上集合。」

女翻譯們心不甘情不願下了床，安娜看看床頭鬧鐘，吃驚地說：「哎呀！才凌晨五點啊？」

我聳聳肩還她個無奈的表情，我原本五點半的任務，被這樣集合開會一下，不只早餐要泡湯，大概也免不了耽誤執勤的時間。

「什麼屁大的事兒，這樣十萬火急地要人？」瑪利亞抱怨。

「大概出了緊急狀況，要我們全體出動了，不然那麼早就那麼大陣仗？」剛來的歐卡忍不住流露興奮的表情，瑪利亞白了她一眼。大家都討厭這個歐卡，她不知道其實沒動靜才是好消息的道理，她總是渴望緊急通知、臨時抽丁、夜半警報等等情況，那樣的情況讓喜歡成為焦點的她覺得自己很重要。

我站在一旁等安娜穿戴後好一起出門，見她手忙腳亂套制服，我趕緊擱下背包協助她。我把她床底的靴子抽出來，把鞋帶鬆綁以便她穿上，然後把梳子、唇油、頭盔在床上一字排開，再往她背包裡塞上化妝水、水瓶、零食、口香糖，以備不時之需。口香糖是用來解決來不及刷牙的窘境的，它有消菌、清香的作用。安娜好不容易穿好制服、靴子，也不用梳子，一把抓起頭髮隨便紮上馬尾，戴好軟帽，手捧頭盔就急急腳隨我出門而去。這樣的默契，我和安娜一直都是彼此最好的搭檔。

走到總管辦公室前列隊站好，後面陸陸續續來了幾個男翻譯，都在嘀咕這次臨時召集擾人清夢。門開門閉的間歇，站在隊伍最前面的我和安娜幾次窺見總管在辦公室裡怒火沖天，哎！又是誰惹上禍端，殃及全民了呢？這個訓練營的總管一直都是非常淡定的，而淡定恰恰又是軍隊裡非常缺乏的性格特質，總管的淡定形成他個人的獨特威嚴，很好地鎮住了大局，尤其鎮得住極愛鬧事的阿拉伯雇工。然而這樣一個淡定的人，大清早卻顯得如此浮躁，看來事情非同小可。

十分鐘過去後，女翻譯們全都來齊了，倒比那些男翻譯快。平時化妝化得花枝招展的卡洛、史蒂芬妮只來得及塗上口紅，蒼白的臉上一團唇紅極為突出，我和安娜故意對她們擠眉弄眼，嬉笑玩鬧慣了的同伴，見我和安娜的表情，就很有自知之明笑開來，自嘲說：「天快亮了，軍營裡沒有雞啼，我們只好權充公雞亮出火紅雞屁股。」哈哈哈！安娜笑啐一句：「你們說話愈來愈像那些粗俗的大兵啦！」

人到齊後，經過一番點算，指導員找出了毛病。由於一直以來習慣的團隊人數，我們竟忘了這次任務還有從別處調來的十個阿拉伯男翻譯，而十個人中現在卻只來了兩個，排在隊伍最後面的那兩個，腳上居然還穿著洗澡用的拖鞋。

指導員這下也怒氣沖天了，他大吼：「去把人給我馬上找來！」

不由分說，十幾個男翻譯即刻自動離隊分頭去找，這一直是軍隊裡找人的方式。兵分幾路，有人往飯堂奔去，有人往澡堂奔去，有人往祈禱室奔去，有人直奔營房，反正就是不忽略任何可能性。當然，這次沒有出現的那八個人在哪裡？大家心知肚明，除了還賴在床上又還能在哪裡？難道還真會在祈禱室裡？哼！

八個睡眼惺忪的人費上二十分鐘才衣冠不整地亮相，就為了等這批渾蛋，我們準時到的人全在寒風中僵硬立正了半小時！早知道是這樣浪費的幾十分鐘，我大可吃過早餐再來，安娜也可以從容去刷牙、梳頭，卡洛、史蒂芬妮也來得及化妝成兩隻美麗的孔雀。

指導員把所有人都臭罵一頓，首當其衝的當然是男翻譯，指導員指責他們沒有貫徹「夥伴制」（Buddy System），罵他們不理會阿拉伯翻譯沒起床這件事。我聽見後面歐卡在悄悄問：「什麼是『身體制』？」

哈！這笨蛋把Buddy System聽成了Body System，由於大家都討厭她，竟沒有人願意跟她解釋互相照應的「夥伴制」不是「身體制」，由她獨個糊塗地「身體制」下去。

指導員罵完後，人人心情沮喪，這些天殺的阿拉伯男翻譯，又不是第一次出任務，分明就是不把指令放在眼裡，在指導員入內把總管大人請出來時，那幾個傢伙在後面竊笑說：「多睡了三十分鐘，不過換得一場罵，我就當他唱歌，值！」其他男翻譯們都忍不住對他們怒目相向。

總管出來了，翻譯員都反轉手臂挺胸而立，雙眼直視前方，等著洗耳恭聽一頓訓話。總管大人清清喉嚨，看得出來他在極力克制怒火，淡定的人還是被某些不可預料的事情擊垮了他的淡定，他沉穩地大聲問：「你們都知道洗澡間的作用，是不是？」怎麼搞的？大清早就來個幼兒常識問答環節哪？翻譯員於是眾口一聲：「是！」

「那麼，你說說看，什麼作用？」總管一步跨到我面前，要我回答。我不禁詛咒安娜，早就跟她說了大清早這情勢不對，不要排在隊伍最前面，偏不依。現在可好了，要我回答如此白痴問題，萬一答的不是總管大人要聽的答案，還得當眾挨罵。

「洗澡間的作用當然就是洗澡。」我大聲回答，信心滿滿。

總管揚揚眉毛，也不說話，接著問：「那麼，廁所的作用呢？」他轉頭看著安娜。哈哈哈！原來這麼快詛咒就靈驗了啊？輪到安娜現世了，她皺皺眉，或許也在後悔沒聽我的話，只聽她猶豫著：「廁所的作用……」她期期艾艾，「廁所的作用……是用來，用來……大、小便。」

我跟卡洛忍不住噗哧一聲笑出來，她方才還在說卡洛、史蒂芬妮「言語愈來愈粗俗」呢！

總管大人瞪了我和卡洛一眼，臉上掠過一絲笑意，可是很快就消失，他正色、嚴厲地：「那麼，盥洗室的作用又如何？」直接問到卡洛臉上。

卡洛不慌不忙：「盥洗室的作用是洗臉刷牙、還有……」她轉而低聲補上一句：「化妝。」

近旁的幾個人忍不住爆笑出來，明明知道當前場面不應該這樣笑，可還是忍不住。然而重點不是這個，重點是，總管大人這下又怒氣沖天了：「好！看來你們都知道各種設施的作用。那麼現在，請回答我，為什麼澡堂裡有人拉屎盥洗室水槽有人撒尿？」

啊？如此噁心的場景？驚嚇太大，所有人面面相覷，怎麼會有人幹得出如此沒教化的事？這一天肯定毀了，可憐那些還沒刷牙洗澡的翻譯們，不知道屎尿橫流的是哪間盥洗室哪間澡堂？不知道今後刷牙、洗臉時對著水槽會不會反胃、噁心？

總管握緊拳頭怒吼：「這都在昨天晚上發生，今早有大兵來投訴，更別提廁所那好像已司空見慣的空礦泉水瓶！為什麼如此未開發的野獸行為在二十一世紀的今天還會發生？你們難道都不是文明人？」

其實，不用明說，我們都清楚這是什麼人幹的惡行劣跡，然而說出來就成了種族歧視，彼此只好心照不宣。我們原本的團隊從來沒有發生過這樣的事情，文明人都知道基本的衛生習慣，不會在那洗澡時洗澡水會瀰漫自己腳踝的開放空間留下一坨屎，也不可能在自己必須俯身近距離對著水管洗臉刷牙的長水槽裡，讓尿液橫流，尤其女生，更不可能達到那「高度」。

即便主管也明白事情的真相是這樣，然而為了公平，為了避免招來差別待遇的指責，所以全體翻譯，當然也包括女翻譯，都因為某個人或者某少數人的行為，而必須集體承受處罰。

「現在，你們馬上去清洗澡堂與盥洗室，還有撿拾廁所裡的空瓶子。我不管你們現在有什麼任務，為了公平起見，誰都不許例外。我二十分鐘後去檢視，如果不滿意，你們就得再次清洗到我滿意為止。」

眾人一聽，響起一陣嘈雜聲，憤怒的詛咒居多，當下就有兩個女翻譯脫口而出：

「他媽的我不幹了，我辭職。」

我原本必須跟著C少校執行一項機密任務，少校的軍銜明顯比這總管高得多，現下總管要眾人去洗廁所，我該聽命於誰？更何況，我已經晚了十五分鐘。

正要找指導員說清楚的時候，遠處一個小兵大步疾奔而來，是C少校的近身侍衛，他一見到我就催促：「快走吧！C少校在等你了。」

指導員見我要走，立刻過來阻擾，我啥也不分辯，就留給小兵去跟指導員解釋。事情非同小可，總管一弄清楚找我的是什麼人後，馬上就放人，我頭也不回跟著小兵走了。

路上，跟小兵略略解說一下狀況，他也馬上露出極度噁心的表情。這次我算是非常非常幸運，居然可以不去清洗糞便，只可憐我那些美女同伴們，大概這輩子都沒想過會遭遇如此齷齪事兒。從前她們只聽我說過在某些任務裡的不堪處境，現在輪到她們親身經歷，才明白那類事件是多麼叫人生氣。

經過這些年這些事，我還會憤怒嗎？有時候我也會自問。然而不管怎麼思考也罷，我的答案還是一樣：面對一個你無法理解也無從理解的文明，除了沉默，還能怎樣？

不能了解的事

在德國軍營集訓的時候，我的好友塔瑪拉接到了一封來自家鄉中東某國的信，是她母親託朋友輾轉寄來的。看一看郵戳，已經是三個月前寄出的信。為免軍情外洩，訓練營的翻譯們一概不允許私下應用現代科技，自然地，電郵聯繫就完全被排除在外，一切回歸到手寫書信的古老方式。郵寄書信本來就費時，再加上培訓員為了避免翻譯們對任務分心，把信件扣住遲遲不發放，塔瑪拉媽媽這封家書，接到塔瑪拉手裡，堪比古代形容的那句「烽火連三月，家書抵萬金」！

本來是件高興的事兒，可是堪抵萬金的家書還沒讀完，塔瑪拉的眼淚已如洪水決堤。茱莉亞奔過去，輕拍她的背，悄聲問道：「發生什麼事了嗎？」正在繫鞋帶的卡洛，乾脆不繫了，拖拉著靴子企鵝一樣走過去，她俯身把坐倒在地的塔瑪拉一把拉到床上坐下。我把塔瑪拉手上的信接過來，看一看她，她微微點頭，我就開始讀信。

信的內容讓我的心立刻糾結起來，我實在無法把它當眾朗讀，把信遞給茱莉亞後，我坐到塔瑪拉身邊，環抱她瘦弱的肩背不斷輕撫，除了這樣我不知道該如何安慰她。塔瑪拉一直是個非常壓抑自己的人，這當然跟她成長的經歷有關。幾個女翻譯過來輕聲慰問，在塔瑪拉抽泣斷續的句子裡，依稀聽到的話是：「我妹妹被我爸爸殺死了！」

幾個人僵直著面面相覷，不敢確定塔瑪拉所說的是不是這個意思？看完信的茱莉亞跟我一樣，什麼也說不出口，下一個讀信的安娜隨口翻譯：「你妹妹再也無法承受長期受蹂躪，而你爸爸又不肯處理，還威脅如果她報警的話，就乾脆把她殺死。上週，你妹妹吞安眠藥自殺了，用的是跟你一模一樣的方式，可是跟你不一樣的是她沒有被救過來……」

「那個禽獸不如的父親！」塔瑪拉咬著牙怒吼，她妹妹的經歷就是她曾經的經歷，我們都知道她的故事——被叔父強暴、懷孕，父親威脅要殺死她，一直到她十八歲逃出生天，在德國投靠母親的朋友。只是沒想到，塔瑪拉逃走後，妹妹成了下一個受害者，她曾經的遭遇在十六歲的妹妹身上重複。那個麻木不仁的父親，竟變相默許自己弟弟一再蹂躪親生女兒，成了間接的凶手，那到底是個什麼樣的世界？

「那是一個宗教法可以凌駕一切的世界。」傷心至極的塔瑪拉憤怒起來，「妹妹如此無助，她如果無法找到四個證人，就不能指控那個禽獸叔父，還會給自己招來被反控『淫蕩』的危險，淫蕩罪可以被亂石打死。當年我墮胎如果被揭發，我也會被亂石打死，人們只在乎我未婚懷孕是違背了教義，卻沒有人會問我是在什麼情況下懷的孕？叔父是個男人，他的聲譽比我們女流之輩的聲譽來得更重要，如果他的行為被公開，他給家族聲譽帶來的破壞更甚於我們這些女性自殺或未婚懷孕，所以父親寧可犧牲自己女兒也不要叔父聲譽或家族聲譽受損，他對自己弟弟的獸行選擇視而不見，這就是那個世界的價值觀！」

塔瑪拉的說明令在場的每個人倒抽一口氣，卡洛說：「如果有來生，千萬千萬不能出生在那地方，要是倒楣在那地方出生了，也一定要投胎為男性！」

「我希望可以很快結婚，倒不是我渴望婚姻，我只是希望用結婚改冠夫姓，我不要姓這個見鬼的『刺斯瓦迭』！」塔瑪拉狠狠地說，想到親妹妹的死亡，又開始痛哭起來。

伊拉克或阿富汗相關的任務訓練，已經讓我們對這些伊斯蘭國家有著一定程度的了解，然而聽塔瑪拉敘述自身遭遇，還是讓大家毛骨悚然。

塔瑪拉繼續：「我曾經有個很好的表哥，自小一塊玩一塊長大，他對女性玩伴極為呵護、尊重，簡直是個天使！有一天，他告訴我他是個同性戀，一個溫柔的靈魂不幸住在一個男性身體裡面。」

聽到這兒，幾個人緩緩點頭，其實透過任務接觸我們早已發現同性戀在中東國家還滿常見，是個祕而不宣的現象，似乎愈壓抑愈嚴重。

「有一天我去找他，在院子裡就聽見他父親在對他怒吼，一迭聲的辱罵及威脅，夾雜他母親對父親的勸說，可是沒有用。」塔瑪拉握緊了拳頭，「我靠到窗邊窺看，看見我那表哥瑟縮在客廳角落，很羞愧的樣子。由於父親詛咒他褻瀆了伊斯蘭，他弟弟在一旁，竟對他做出非常侮辱的手勢。」

塔瑪拉輕輕發著抖，我知道故事接下來的發展，她很久以前曾對我提過這個她所目擊的悲劇，這個回憶對她是艱難的，然而傾訴對她來說是個釋放，她需要。

塔瑪拉語音顫慄：「這時候，我看見他父親衝入臥室，再出來時手上多了把手槍，他母親開始尖叫，表哥臉色突然變得很蒼白，那個天使，他在角落裡發抖，全身上下不由自主抖個不停，他在那個角落不斷兜轉，無助地一再反身去推背後那面牆，似乎推一推就可以推開一道逃生的門……」

塔瑪拉淚如雨下，那天使的恐懼不難想像，茱莉亞的眼淚也快滑下來了。

「突然一陣槍響，一切歸於寂靜。很久……很久……我看見所有事物浮動像一部默片，姨媽奔過去大叫，可是我什麼也聽不見，表哥在血泊中已經沒有動靜。姨父用衣角抹抹手槍，傲慢地吼出一句——這個畜生同性戀，死了乾淨！」

「只有這幾句話是突然清晰起來的，『這個畜生同性戀，死了乾淨！死了乾淨！』」

塔瑪拉平靜地重複這最後幾個字。如果男翻譯米夏爾在場的話，聽見這故事，他一定會停止再抱怨他的人生，在允許同性伴侶結婚的德國，他還老說社會對同性戀不夠好，沒有讓他自由領養小孩。

安靜了好一會，我輕聲說：「為了孩子的性取向而槍殺他，那父親本身連畜生都不如，中國人說『虎毒不食子』，連禽獸，都知道愛惜自己骨肉。」

「自詡文明的人類，打著宗教旗幟做出殺子的野蠻行徑，而人類以為野蠻的禽獸，卻具有不食子的文明！」茱莉亞說。

「那個父親，有沒有被判死刑？」美國來的艾瑪不無天真地問，歐洲翻譯們翻著白眼一大聲「哎……」地瞪著她，她馬上住了嘴。

「死刑？」塔瑪拉嗤之以鼻，「沙里亞法規本來就認定同性戀該死！由他人去執行倒不如自己來執行。槍殺自己兒子的父親，大義滅親，維護了伊斯蘭的清譽，人人讚他是個好穆斯林都來不及呢！還判他死刑？」

「只可憐我那姨媽，還有我這輩子再難以見到的可憐媽媽，還有妹妹……」塔瑪拉又開始泣不成聲。

夜色漸漸流入我們清冷的營房，外頭淅淅瀝瀝下起了毛毛細雨。女翻譯們的心情都顯得異常沉重，在塔瑪拉經歷的對比下，屎尿事件簡直微不足道。世界正被許多不同的文明價值所劃分，而要在哪裡，才能找到人類最能安身立命的所在？縱然作為翻譯員可以克服語言障礙，可是文明障礙卻是一道難以跨越的鴻溝，那裡面充塞太多太多叫人難以理解的事。細雨中我憶起年少時吟唱的某首歌的最後幾句話：

一陣一陣地飄來是秋天惱人的雨
刷掉多少我青春時期抱緊的真理
如果沒有繽紛的色彩只有一片黑白
這樣的事情它應該不應該？
拿一支鉛筆畫一個真理
那是個什麼樣的字？
那是我所不能了解的事

三 軍事機密

屋簷下

連續兩天分別工作了十六及十四個小時後，我所屬的步兵連C連二排的P排長特意給我放一天假，要我去好好睡個覺。P排長知道我畢竟不是當兵的，這樣上刀山下火海地跟著步兵們連番出勤恐怕會吃不消，不讓我休息還真不行。咱翻譯大軍一共就只有十幾個女生，清一色男兵的C連能分配到女翻譯，實在幸運至極，P排長要憐香惜玉一番也無可厚非。

第二天早上，我還賴在床上作著美夢呢，翻譯員營房門口，唱執勤花名冊的小兵卻清清楚楚唱出了我的名字，要我去陌生的B連報到，中午十一點出發。任務是陪同連長、排長去拜訪某村村長，B連缺翻譯員，所以向我所屬的C連借用了我。

隨軍生活的每一天都節奏緊張，必須隨時戒備應對突發事件。原以為難得放假，可以優哉游哉去洗澡、洗衣、逛基地小型商場、上上網什麼的，但這一聲出勤令下，我所有計畫一律泡湯。早飯時間已過，午飯時間還未開始，為了不餓著肚子執勤，我坐在營房後門階梯上，無可奈何吃起口糧MRE。

天空突然下起細雨來，雨珠一滴滴輕輕打在我的軟帽上，我坐在雨裡繼續吃口糧，把躲雨這兩個字置諸腦外。雨淋日曬早成了家常便飯，軍隊裡的工作是完全不按天時而變更的。我記得剛開始執行路邊檢查站任務那當兒，還未了解到這點，遭逢突如其來的大雨時，我立刻離了崗位抱頭鼠竄，竄到軍車裡回頭一看，路邊大兵個個都好端端站在原地瞪著我，他們像真的看見老鼠躲雨般受到極大驚嚇，不知道我為什麼突然逃跑了？我後來才明白，在軍中，颳再大的風下再大的雨，都不是中斷任務的理由。

十點四十五分，我到B連總部報到，再被一等軍士長帶到停車場車隊裡，介紹給R排長。我不太喜歡被調來調去地工作，跟自己一向熟悉的大兵混熟了，再重新去跟一批不認識的大兵工作，擠在戰車裡那麼小的空間，看他們因我這個女子的存在而突然變得異常斯文有禮，比如不吐痰不講髒話，盡力克制自己一貫的言行，橫看豎看都知道不是他們本相，他們憋得難受，我也處得難受。

R排長見雨下得愈來愈大，就體貼地把我請到悍馬車後不及三十公分的屋簷下，極紳士地說：「你先在這裡站一站，別淋濕了。我們在弄裝備，出發前才叫你。」

整排的悍馬，如螞蟻般走來走去忙裝備的大兵，這裡我一個人也不認識，可是屋簷下卻突然變得異常熱鬧，來來往往多了很多人。有些大兵要上的車子明明就在眼前，他們卻很奇怪地先拐過屋簷我身邊再兜回去；有些大兵乘空隙過來和我聊上千篇一律的兩句話：「你好嗎？」「你今天是和我們一塊執勤嗎？」後來，我索性把帽簷拉低，眼睛瞪著靴子，完全進入放空狀態。

什麼時候我的衣袖也漸漸淋濕了，什麼時候抬頭一看，一半的悍馬車已經開走了，剩下的車隊人員也都各就各位。屋簷下的我猛然驚醒過來，看一看錶，天啊！我居然在這屋簷下站了三十五分鐘？我走向正準備登上車子的某上尉，向他請示：「我應該上哪一輛車？」他很驚訝地回答：「你不是我的翻譯啊！你那排人員已經……已經開走了……」

什麼？開走了？我愣在那裡，上尉聳聳肩露出個無奈的表情。哈！好一群糊塗的大兵啊！我覺得又好氣又好笑，尤其那個把我帶到屋簷下避雨的R排長，怎麼一轉身就完全忘記我的存在？他要把車開到什麼時候什麼地點，才會想起這個屋簷下被他遺忘了的女翻譯？

細雨中我溫暖的被窩我遺失的美夢，它們開始在營房聲聲召喚，繞了個冤枉的大圈子竟又回到了原點，既然已被撂下，是不是就代表我不必執勤了呢？也罷！今天是個睡覺天，我忍不住樂開懷，拍拍屁股決定不去B連總部通報，這就大搖大擺掉頭回去優哉游哉吧！這時間正好趕得上食堂開門吃飯呢！自行放假，連部要怪也怪不到我身上，是他們自己先落下我的。

我快樂地吹著口哨，知道大兵們抵達村莊後一定有這樣一番精彩對話：

連長：翻譯呢？

排長（信心滿滿地指向身後）：在車上。

連長：哪輛車？

排長：問得好！哪輛車啊？（轉身喚小兵）

小兵（氣喘吁吁地）：報告排長，我都找遍了，翻譯不在任何一輛車子裡。

排長：什麼?!

連長：你說，翻譯到底哪裡去了？被綁架了？

排長（恍然大悟般又不敢表現出來）：翻譯在……還在……基地屋簷下！

紋身群英會

連長S上尉說我們二排今天必須準備支援行動，所以大夥一早就到了停車場，或靠或坐在車蓋上吃口糧當早餐。夏天的清早非常舒服，吃了早餐P排長也還不見蹤影，誰也不知道我們到底在等待什麼？跟著軍隊生活的這些日子以來，我已被磨練得很有耐性，耐性不單是去忍耐一些莫名其妙的事，還包括不去問那些事為什麼會發生。軍隊裡有很多行動，基於安全理由，事先不會讓太多人知曉詳情，在這點上我是理解的。

曬在身上的陽光漸漸熾熱，空曠的營地自然沒有遮蔭的地方，我曬呀曬地，一轉頭看見中士丹尼正脫下靴子，說是襪子裡鑽入顆小石子要取出來。光腳的他露出紋在足踝的一組文字，我好奇問說：「那紋的是什麼呢？」他簡短回答：「戰死薩邁拉（Samarra）的親兄弟的名字。」

這話題一打開，才發現很多大兵都有紋身。我一向不懂得欣賞紋身藝術，可是經過他們解說紋身背後的故事後，才突然發現了紋身的魅力。關於紋身這個決定，除了自身的審美標準外，其實也是一種宣誓，用自己的身體肌膚，為特殊的事或特殊的人做出最為徹底的表述。

小兵Jojo捲起衣袖讓我看他愛的紋身，刻在他手臂上的是女朋友的名字，女朋友承諾說她會耐心等待他的征期結束，會忠誠守候他的歸期。他說的時候眼神燦爛，叫人也替他感到歡喜。一旁的傑米說他背後也有紋身，三色的，反過手就撩起制服下的T恤衫，在他腰際一彎圖騰般綠、紅、黑色的，像中古世紀神話裡龍那樣的動物，他說這代表勇氣與剛強。本來沉默著的小貝也開口了，說他的紋身很特別，問我要不要看看？就在他脖子後。他索性坐在地上，拉低領子叫我看。那的確是個很特別的紋身，一排黑色的文字浮雕般顯露在皮膚上，用手去觸摸，卻是平平坦坦的，紋的是「上帝是我的力量」。

整排大兵人人開始競相展示紋身，互作比較，而且因為我的好奇，想知道紋身背後的故事，他們嘰哩呱啦地都談得不亦樂乎，就在這時候，排長低沉的聲音破空而來：

「你們在幹什麼？」

所有人都霎時停下動作，嚇一跳的、尷尬的、忍不住偷笑的。我放眼看去，士兵滾袖子的滾袖子，拉衣領的拉衣領，忙著放下褲腳忙著扣鈕釦忙著將T恤塞入褲腰，等等等等，反正就是一句話——幾乎所有人都衣冠不整！

一個小兵立正身子敬禮後，大聲回答：「報告排長，翻譯想看我們的紋身！」啊？聞言我幾乎要跳起來，這廝竟把責任都推到我身上？我狠狠瞪著小兵，他看也不敢看我。排長目無表情瞄了我一眼，我馬上低下頭，完蛋！這回大事不妙，擾亂軍中秩序可不是玩的，可是排長什麼也沒說，很嚴肅地一聲令下：「上車準備出發！」

我這紋身群英會的始作俑者，躲無可躲，轉身乖乖上了排長的車，心裡忐忑著該如何獨自去面對排長的責問。待一切就緒，排長上車來了，車隊準備開動，排長刷地轉過頭來看著鄰座的我，我的心跳猛然加速，我告訴自己要勇敢面對後果，也就毫不退縮迎視排長目光。豈料排長搖著頭猛地大笑起來，軍中菜鳥我自然是不敢問長官他在笑什麼的，只好愣愣回望著他。排長邊笑邊說：「哎！你這傢伙本事可真大喲！沒級沒別的，竟有本事令整排士兵都為你脫下了衣服！」

啊？讓士兵「脫」衣服可不是我的初衷啊！冤・枉・啊・大人！

當機的時候

問翻譯員工作上最害怕的事情是什麼？眾口同聲一句話：口譯到半途腦袋突然一片空白。套句電腦術語，即是當機。再熟悉再運用自如的詞彙，碰上當機的時候，詞彙遍尋不獲，翻譯當場就成了白痴。

我的強項是同聲翻譯（Simultaneous Interpretation），我不喜歡別人說完幾句話才停下來等我翻譯的方式，那樣一來我還得辛苦強記內容，免得譯完前面的句子卻忘了後面的段落。對我而言，同聲翻譯的好處不只不必記內容，有時候甚至連理解也不必，語言機制會自動操作供應詞彙，這當然得建立在已經非常熟悉翻譯內容的條件上。如果說話的人不讓我同聲翻譯，硬要我聽完他長篇大論才讓我開口，那也就是我面臨當機風險的時刻，在記憶力、理解力加詞彙庫同時都得操作的情況下，我裝了好幾種語言的腦袋往往會不堪負荷。

應對當機的尷尬，培訓課程學來的技巧是不動聲色，請說話的人重複句子，志不在聽，而是爭取時間讓自己借這當兒思索一番。或者，直接請說話的人用另一組詞彙表達，必要的時候甚至要求以極易明瞭的「兒語」加動作來解釋一番，這當然都是不得已的方式。因此，翻譯員一旦準備跟大兵出勤，就需得心無旁騖專注於腦中字典，也會盡力避開可能造成當機的誘因。各人應對方式千奇百怪，有出勤以前絕對不跟別人聊天，或者出勤以前打死也不唱歌的。我的招式是出勤以前只講那即將用到的兩種語言，也只用那兩種語言思考，比如任務外的中文就會從我腦裡暫時摒除。

一次跟著一班大兵到村莊去尋找小孩被綁架的丁點情報，交接的另一班大兵還在，他們的隨行翻譯是安娜。安娜是個迷人的女孩，大大的眼睛充滿神采，大兵們都很喜歡她。大兵們在村口和幾個村民交談，安娜用很活潑的語調在給他們翻譯。當村民被問到有沒有任何最新的消息，而又是什麼人提供了消息時？口譯著村民答案的安娜，話只說到一半，原本輕鬆的臉色卻突然僵硬起來，以我的經驗以及對安娜的認識，我立時意識到，糟糕！這丫頭當機了。

安娜支支吾吾，開始揮動雙手，像托著什麼東西般，邁開腳步在班長面前走過來走過去。班長傻了眼，大概是第一次見識翻譯突然變成演員，在用肢體語言傳遞訊息呢！他目不轉睛瞪著安娜，神情如墜五里霧。整班大兵被這突發狀況所吸引，也都圍過來，迫不及待加入這個「我猜我猜我猜猜猜」的遊戲，答案此起彼落：散步的人？孕婦？護士？安娜雙頰漲得通紅，焦急得說不出話來。

作為翻譯，這樣的情況感同身受，幸好這不是嚴謹的雙邊會談或新聞發布會。在面對這樣的尷尬處境時，如果對方不要求，其他翻譯可不能隨便加入談話，更不能自行取代去協助翻譯。我為安娜著急不已，卻完全幫不上忙，心裡不斷為她祈禱，希望她所需要的詞彙會像牛頓的蘋果那樣，從天而降擊中她腦袋！就在大家忙著猜測時，走來走去的安娜乾脆停下來，很是無奈地歎息：「唉！這樣說吧！如果你到咖啡館，那個給你倒咖啡，或者你到餐館，那個讓你點菜，還給你上菜的那個……那個女人，叫什麼來著？」

「啊！Waitress！」眾人齊聲大叫，原來提供消息的那人是個女侍者！圍觀的村民、班長、大兵、我及安娜自己，在這當兒都如釋重負長長吁了口氣。阿彌陀佛！好不容易講四書似的才講過來了，可是氣沒吁完，每個人又忍不住哈哈大笑起來，拍掌叫絕，這麼大的功夫追逐這麼簡單的一個字？只見安娜自己笑倒在悍馬車旁，上氣不接下氣地：「哎呀呀！太豈有此理啦！混帳的『女侍者』竟會自己逃亡啊！」

戰地廁所

一、門神篇

當我準備到軍隊裡去混的時候，我設想了所有可能的困境與挑戰，我讓自己做好全面準備去跟男士們一較長短。然而愚者千慮，不失才怪！城市裡理所當然的文明日子過久了，我居然忽略掉最基本的一件事：跟著軍隊出外「流浪」的時候，女生如何上廁所？

執勤第一週，就出現動亂示威必須長時駐守教堂的任務。我跟著連長、排長四處鑽啊鑽地，找當地員警找鄉鎮父老。幾個鐘頭後，之前喝下的水累積得差不多了，我這才驚覺那懸而未決的人生大問題！天啊！排裡清一色都是男兵，跟他們還不熟悉，我找誰去討這人生尷尬的答案啊？

熱鍋上的螞蟻似的，我不斷四處張望，金睛火眼找廁所，等到日落西山，這才運氣很好地在一條路過的小巷看見鎮上的公廁，我急急跟排長說：「我要用下洗手間。」說完也不待排長許可，轉身就走，沒想到排長居然高聲喝住我：「不行！」

什麼?!

我呆在原地幾乎沒跪地哀號起來，人有三急啊！排長大人您怎麼可以如此沒良心？排長慢條斯理吐出一句話：「我找人陪你去。」

啊？開什麼玩笑？我這麼大一個人，又不是三歲小孩，還需要別人陪著上廁所的嗎？我對排長搖頭擺手卻之不恭：「謝謝謝謝！這個倒不必，我自己會去。」說完馬上開步走，可是排長才不理我呢！他很快吆喝一聲：「來人！」兩個大兵馬上出現在我身後。

排長語重心長說：「我們不能讓你一個人去，這樣太危險，你會被綁架的。」經排長這一解釋，我才恍然大悟，原來是基於這層顧慮啊？那好吧！排長自有他應負的責任，那就這樣吧！

讓全副武裝的阿兵哥陪著上廁所，心裡到底還是有點彆扭。我頭也不回快步奔走，也不管後面那兩個人是如何跟上來。等我就快撲向門把的時候，冷不防背後伸來一隻手，擰小雞般擰住了我，「慢著！先讓我們進去看看。」大兵說。

兩個大兵先我入內，檢查完畢，確定安全以後，才終於放行。但我實在不願意廁所在大兵耳裡變成茶館那般優雅標明的「聽雨軒」，於是轉身指著五米外的地方，酷酷地命令大兵：「你們都給我到那邊等著，ＯＫ?!」

上完廁所後出來一看，兩個荷槍實彈的大兵並不在五米遙之地，為了貫徹萬無一失的守護，他們如貼門神般，一左一右緊緊貼在了廁所的門外！

二、悍馬篇

月黑風高地，在執勤的荒野裡，茱莉亞突然悄聲跟我說：「糟糕！我想上廁所。」看見茱莉亞焦慮的神情，我腦裡頓時一片空白，無奈搖頭道：「我也不知道這荒郊野地裡，哪裡可以找得到廁所啊？」

翻譯員彼此間說悄悄話時，會轉換語言，所以士兵們都不知道兩個女翻譯在談的是個迫在眉睫的問題。兩個人都剛到軍隊服務不久，學醫的茱莉亞跟我一樣，加入軍隊前千算萬算，就是不曾算到上廁所這個叫人束手無策的挑戰。

我嘗試安慰茱莉亞：「你能不能忍耐到回營時間呢？」

她一再搖頭絕望地說：「不行不行，我一直都有膀胱炎的毛病，實在難以忍耐啊！」

兩個人愁眉苦臉地，深恨我們連裡居然沒半個女兵，連個商量的人也無。一咬牙，只好決定去找排長，讓日理萬機的他一併負責我們的如廁問題。

排長正和一大幫人不知在談些什麼？見我們走近，停下來當眾做了個質問的表情。兩個人都無法鬼鬼祟祟要排長獨個兒來跟我們交談，只好拚命裝得很自然，索性橫了心高聲請示：「長官，我們想用洗手間。」

說完其實心虛得很，「洗手間」是個抽象名詞，舉目四望，大片荒野裡只有我們這排悍馬戰車。

排長對士兵們說了些什麼，口耳相傳地，突然所有四散的士兵都集中到前排悍馬去了，而且好像跟我們有著深仇大恨般，背轉身看也不肯再看我們一眼。整排士兵都背對我們的場面顯得非常壯觀，我和茱莉亞大眼瞪小眼，不知道這是啥架式？見排長也轉身要走，趕緊叫住他，認真糊塗地問：「長官，我們……到……哪裡去？」

排長發現原來我們竟不知道如何應用抽象廁所，忍不住笑起來，簡短地說：「你們到最後那輛悍馬後邊去。」

哇呀！兩個女翻譯下巴差點沒掉下來。

幸虧是個月黑風高的晚上，提供了丁點安全感。我陪著茱莉亞到悍馬車尾，一邊給她把風一邊催促。我知道遠處草叢後面躲著兩個狙擊手，要是不明就裡地他們這時突然冒出來，場面可就尷尬了。

茱莉亞用完「洗手間」，忍不住歎息：「想當年我還是衛理女校混出來的呢！淑女淪落到這個地步。」

「哎喲！」我敲了敲她的腦袋，笑說：「一泡尿就能讓你如此感歎人生？你等著瞧，以後要感歎的地方還多著呢！」

三、野豬篇

當我跟茱莉亞在月黑風高的荒野裡感歎人生的時候，我們並不知道，我們可憐的朋友安娜，正孤獨地在月黑風高的另一邊森林裡哀號人生。

和「天真」的我及茱莉亞一樣，野外執勤的安娜，快樂地把玩著軍中夜視儀，把執勤當成郊遊，她興奮地觀察森林裡覓食的飛禽走獸，偶爾還從枝葉的縫隙，窺探慘澹的星子。安娜滿心以為這不過是紅塵中又一個浪漫的夜晚，雖然入林的原本目的是取締走私分子。

當執勤時間開始超過五小時，當枝頭上的貓頭鷹開始招魂般低吟，林中的安娜也就跟著打起寒顫來。打寒顫的結果，就是安娜終於在不方便的地方想到了方便的問題，這下如何是好？

苦苦忍耐的安娜再也浪漫不起來，當大兵指著遠處潛伏的狐狸叫安娜看時，她滿腦子想的卻是：狐狸會不會跟狗一樣，也靠撒尿的方式劃地盤？

忍無可忍的安娜最後只好小聲問班長，用的還是虛擬式：「如果女生要用『休息室』的話，在這林子裡是怎麼個處理法？先沒收大家的夜視儀？」

班長不是笨蛋，馬上就了解安娜的處境，他坦然問說：「你想上廁所是嗎？我找另個人一道護送你，別擔心，上廁所是最自然不過的事。」

班長招來一小兵，兩個人就陪同安娜到草叢深處，四望無人後，就對安娜說：「我們就在這兒等著，你往前邊去，我們會背轉身，你真的不用擔心。」

雖然處身黑暗，安娜心裡到底還是不自在，可憐她為了害怕大自然的「洗手間」在夜視儀裡無所遁形，低頭彎腰就不斷地不斷地往草叢深處鑽，鑽到最後，她停在了一頭野豬的面前。

幸好那不是一頭帶小豬的母豬，幸好那也不是一頭發情的公豬，要不，兩者都可能要了安娜的命！安娜慘叫一聲之後，大兵適時出現，豬隻逃了，大兵無意之中完成英雄救美的任務。

月黑風高的晚上，飽受驚嚇的安娜悄悄流下委屈的眼淚。她對我們哀訴：「我不過要用趟廁所，怎麼連野豬也不容？人生還有什麼比這更叫人哀號的嗎？」

軍事機密

小鎮發生嚴重示威，爆發衝突，維和部隊全連出動。為備不時之需，我這個女翻譯也被叫上了，被安排去坐快速行動部隊ＱＲＦ（Quick Reaction Force）的大卡車。

也不曉得是不是經過特別挑選，ＱＲＦ這幫陌生的哥兒們，個個至少一米八，又高又壯的。混在這群全副武裝的鍋蓋頭當中，一時突顯得我非常迷你起來。

剛剛下過很大的雨，軍靴上黏著又厚又重的泥濘，一公斤半的頭盔戴在頭上，硬是罩得我目不斜視。我扶著頭盔仰望那高高在上的大卡車車廂，尋思要如何看來不像猩猩而像淑女般優雅登車？而且，要如何確保登上車的時候，那笨重的頭盔不會逕自掉頭而去？

我是不要輕易開口求助的，打從來到軍營那天起，我就跟自己說過，絕對不要給大兵奚落女性的機會。然而現在，要如何登車呢？難道叫堂堂大兵把我抱上車廂嗎？

想來想去，眼下只有一個辦法，如果不借助外力的話，唯有學大兵手腳並用才能爬上去。當然，優雅的姿態就……下次再說吧！

車尾直勾勾掛著的梯子只有四格，我打量一下，比較困難的應該是爬完四格後「登陸」車廂那最後一步，比第四格階梯高出很多。

我上了第一格，不必回頭看，也知道背後那批大兵都在屏息觀望。靴底又厚又滑的泥濘，叫人感到很不好意思，髒靴子現在完全暴露人前了。來之前曾試過在草地上使勁蹬腳的，可是不管我怎麼用力蹬，也沒法把泥濘蹬乾淨，這靴子本來就大了一碼，我的腳掌在裡頭根本沒有抓地力，要不是鞋帶結結實實地綁著，靴子早就被我凌空蹬掉。兩百米外的食堂前有個洗靴子的機器，只要把腳踩上去，水就會自動沖洗，可是如果我跑去洗，一路走回來，也還是會帶上一靴子的泥濘。軍中如此注重儀表、秩序，大兵們衣著永遠整齊，靴子乾淨，隨身東西也都各就各位，不像我們這些任職翻譯的軍中菜鳥，外套鈕釦有時忘了扣，難得扣好的，仔細瞧瞧，一高一低錯了位。肩上戴的通訊與警示儀，歪歪斜斜掛的如同手提袋，執勤像是出門去買菜。低頭一看，靴子塵滿面、鬢如霜，路走多了褲腳還如頑童般從靴裡鑽出來向後面的人打招呼。再不，就是戴了一只手套後，軍服上下十四個口袋翻遍，也沒有找到另外那一只，更甭提那帶子不肯拉緊，左搖右擺勉強罩在頭上意思意思一下的頭盔了。

繼續爬車，第二格。垂直懸掛的梯子讓人爬梯等同爬牆壁，膝蓋完全無法向前彎曲。我咬咬牙，都說了應該忘記儀態，只好學猩猩般，雙腳八字爬車如爬樹。

第三格，目標在望，我用手捉住卡車車廂釘牢在地的座板鐵杆，借了力。

繼續奮鬥，第四格，右腳踩到過長的雨衣衣角，動彈不得，只好高呼：「誰幫幫忙？」下面有個大兵遲疑著，要是魯莽去拉踩在靴底的衣角，肯定會讓我滑了腳而摔下去。我將重心移到左腳，右腳一點點抽放著，那細心的大兵終於解救了衣角。

好了，要登陸了。發現落差真的太大，實在上不去，除非上半身趴在車廂地上，用雙手匍匐登陸，那樣一來，整個一副狼狽相，搞不好還被下面大兵「只見屁股不見人」地拍照留下紀念。思前想後，這下只能無奈開口求助，我心虛地叫：「哪個尖頭鰻⑬借我雙手用一用？」車上的一個大兵站起來伸出雙手，平平穩穩就把我拉上去了。如果女生不自己開口求助，大兵一般是不會主動相助的，他們害怕性別歧視以及性騷擾的指控，那比戰死沙場還可怕。

面對面坐在濕淋淋的卡車座板上，發現車廂靠背的兩道護欄間隔太大，山路震盪

⑬尖頭鰻：Gentleman，紳士。

下，我這迷你兵很可能隨時會被拋出車。為了安全措施，整個車廂被迷彩帆布密密蓋著，黑漆漆地，有個大兵亮了手電筒。突然想起翻譯員條規，其實我不許坐沒有安全帶設備的軍車，馬上跟軍士長提出這點，他卻沒弄懂我的意思，也許事態緊急，他不及思考就回答說：「沒關係，改天給你相關的翻車訓練⓮，有事你不會滑出去的。」

翻車訓練就是針對翻車意外時候的逃生訓練，在改裝的悍馬車裡，訓練車子在一百八十度、三百六十度、七百二十度翻轉時如何保護自己，以及在一百八十度和五百四十度車底朝天並且頭下腳上時，怎樣用最短時間解開安全帶、打開車門安全逃生，並同時辦到保護隊友和重點人物，防止敵方偷襲之類的相關安全措施。實際效果如何？我們翻譯群裡則沒人體驗過，事實上這也不屬於翻譯們的訓練項目。

軍士長讓大兵們更換一下位置，安排兩個體格特別健碩的大兵，左右夾攻把我緊緊「固定」在他們之間，這一來，原本腳不著地的迷你兵我就坐得穩如泰山了。

車開動了，外頭景色啥也看不見。開車的人不知在抄什麼捷徑，一路顛簸不已，害得我幾次騰空後再急速降陸。這顛呀顛地，面前立著抗暴用的塑膠玻璃盾，突然成批向我倒過來，幾個大兵及時撲向前，才避免了慘劇發生。

抵達目的地，大兵紛紛或跳或爬下車。輪到我，才發現下車比上車困難，因為下車必須跟上車一樣，以背朝外的姿勢，用腳下去探梯子。因著那個大落差，這下難度可高了，我扶著卡車邊的橫槓，極力維持身體平衡不倒翻下車，然而就是差上那麼幾公分，伸長了腿也探不到梯子。靴底滑、梯格細，我要是一步失去重心，恐怕就會變成倒栽蔥落地，我直了身又彎下腰，幾度上下，幾度猶豫。時間一秒秒流失，咱這還算是快速行動部隊嗎？

終於橫了心背轉身探腳下車，我悄悄向下望，天啊！底下居然圍上三個大兵，都站好馬步擺出萬一我掉下去他們一定會接到我的架式。抬頭看看卡車廂，那等著殿後護花而沒下車的大兵，哈著腰伸著手，也是準備拉我一把的樣子。十幾個快速行動部隊的彪形大漢，卻拿一個嬌滴滴爬下車的女翻譯沒辦法。哈哈哈！車廂上的我突然開竅，原來對付強者的最好方式，竟是直接繳械承認是弱者，這一來，英雄就無用武之地。

我卡在車廂邊沿上下不得，糾結著要不要乾脆轉身跳下去，卻又害怕雨天路滑，在整連人面前跌個狗吃屎，白白提供那批訓練有素的大兵們笑料。又想，大兵不都喜歡英雄救美的角色嗎？不如叫人把我托下地去吧！可是唉，那跟抱又有什麼不同？不過數秒時間，歎罷三聲，還是靠自己吧！我一邊向下探腳一邊大叫：「看不見梯級在哪裡！」

底下一個大兵很快地按著我的左腳踝將腳引到梯格所在，我鬆開了上邊緊握鐵杆的手，讓身子下滑，然後輪到另一邊大兵引導右腳，中間的大兵替我拉高雨衣，免得我再度踩到衣角，就這樣一級一級下了梯。回過身來，發現戰略觀察員拿相機對著我拍照，哈！在QRF的協助下，女翻譯終於成功著陸啦！我望向鏡頭笑咪咪打出勝利的手勢。

先我抵達暴動地點的安娜看見我，急忙走過來問：「方才你哪裡去了？出行之前全連都找不到你，不知你被安排在哪一排哪一班？事出緊急，他們根本不讓我去找你。」

我聳聳肩，回答說：「本來在飯堂前面優哉游哉地晃，口裡咬著廚房送我的大冰棒，誰知道拐個彎突然碰見第一軍士長，他大手一揮，我這就臨時被拉夫，跟著QRF過來了。」

說著我伸手指指停在制高點的那輛大卡車。

安娜一看，露出難以置信的樣子，卡車底下擺好陣仗的鍋蓋頭們氣勢威懾，揮舞棍子帶著節奏地敲打玻璃盾。安娜倒抽一口氣，大大的眼睛溜溜那高高在上的卡車車廂，再轉過來溜溜站在她身邊的我，我就知道了，她將要問的話。果然，她誇張尖叫：「那個三米高的障礙挑戰啊？你是怎麼爬上去的?!」

我是怎麼爬上去的？哼！一如全營人都想知道，有次我為何會突發奇想去企圖跳過一道一米多寬的戰壕，而結局卻是四腳朝天躺在戰壕底那樣。你以為我會告訴你嗎？我做個鬼臉沒好氣地回安娜：「這是軍事機密！」

又見莫妮卡

出勤回來已快八點鐘，在食堂八點半關門以前，我匆匆趕去吃晚飯。其他翻譯都已經吃過，我落了單。

一般上翻譯並不會跟士兵同座吃飯，雖然食堂按照所屬單位來劃分，我跟自己排裡的兄弟混得再熟也罷，吃飯時還是會規規矩矩回到翻譯群中，讓大兵自家人圍成一桌去相濡以沫。我最怕碰到食堂座位幾乎坐滿人，四望無翻譯而不得不擠到大兵中間去的情況。有一次捧著餐盤正慶幸找到張只有三個大兵坐著的桌子，誰知坐下後抬頭一看，才發現同座的竟是三個校級軍官，怪不得這張桌子沒人要坐，或者說沒人敢坐，也不能坐。我雖然不受約束可以跟高軍銜軍官同桌吃飯，卻也渾身不自在。

這一次我的運氣似乎好一點，雖然背對電視因而不得不「迎視」上百人的目光，可是我這張桌子只有邊角上一個低頭吃飯的大兵，界限分明。我一坐下就看見前面幾張桌子旁混坐在士兵中間的「莫妮卡．陸文斯基」。「莫妮卡．陸文斯基」是眾人私下給一個女翻譯取的外號，因為她和柯林頓總統的那位實習生長得實在太相似了，不過我們這個莫妮卡．陸文斯基是紅頭髮版本。

莫妮卡風情萬種吃著飯，偶爾撩一撩頭髮，摸一摸耳垂，揉一揉頸背。我正奇怪她吃飯為什麼還得這麼忙時，她接下來的動作卻看得我不知不覺就擱下了刀叉。莫妮卡開始吃飯後甜點，她左手舉著一杯霜淇淋，右手拿著小茶匙，抬起頭瞇起眼，以慵懶無比的手法，把霜淇淋一小匙一小匙地挖入口，慢動作嚥下後，再輕啟朱唇，把含著的茶匙從她嘟著的大嘴裡緩緩抽出來。接著，她伸出舌頭無比陶醉般舔嘴唇，由左上唇開始，細細地往右舔過去，又從下唇彎彎地移回來，再結以微微的一聲歎息。重複又重複之餘，莫妮卡左顧右盼，不時給身邊大兵送去個準備多時的微笑，偶爾還停下來用手指捲一捲垂到臉上的頭髮。我這才注意到：咦？軍中何時開始竟允許我們女翻譯披頭散髮了？

我跟著大兵們什麼都經歷過，以為再沒有任何事情可以嚇得了我，可是莫妮卡吃霜淇淋的方式，那充滿性暗示的方式，卻著實讓我嚇了一大跳！我瞪著餐盤裡自己剛剛拿的草莓霜淇淋，怎麼看都覺得那是顆粉紅炸彈，莫妮卡那顆炸開以後，所有大兵彷彿都滿心期盼，想看看其他女翻譯的炸彈如何引爆！

那邊一桌子的男人當然都看呆了，驚嚇之餘，我卻忍不住在心裡狂笑起來，這個莫妮卡・陸文斯基也太不人道，在這樣一個地方，竟如此去挑逗士兵？我離開了食堂，把我的草莓霜淇淋拋入垃圾桶。唉！今後的一段時間裡，女翻譯們恐怕再也無法盡情享受霜淇淋這道甜品了，經過莫妮卡這一役，引起遐想的霜淇淋顯然已不再是單純的霜淇淋，就像當年經過柯林頓之後，雪茄已不再是單純的雪茄那樣。

女兵一號

遠遠地，遠遠地，另一排營房轉角那頭，女兵一號出現了。

最早看見她的安娜低呼了一聲，本來在牆角抽水煙的幾個女翻譯馬上捉起水煙壺就逃，彼此配合得天衣無縫，一個拉門一個捧著水煙壺一個托著水煙管不讓它曳地一個收拾草蓆，最後那個，呆在原地擺出「我們本來就剛好要回房」的姿態，低頭假裝在收拾東西，既讓女翻譯的閃躲顯得不露痕跡，也避免了女兵一號那「翻譯見她就逃」的面子問題。當然，最後的這個角色是必須為大家偉大犧牲的一個，因為她很可能被女兵一號折騰。

果然，「你們又在享樂了？」女兵一號經過時，語帶諷刺地對偉大的犧牲者說。

我不禁心下嘀咕那幾個先我逃走的夥伴，我這回不過是慢了半拍，沒有搶到開門捧煙管捲草蓆的優差，被迫偉大的。

「Madame，今天我們沒有任務。」我恭恭敬敬地答。

「抽的是什麼口味的？」女兵一號突如其來地問。

我一聽，有點意外，這女兵一號果然厲害，隔著那麼遠的距離，她還是看得清清楚楚女翻譯們在抽水煙。

「抽的是薄荷蘋果味。」據實以告後，我突然覺得那幾個翻譯的口味有點不倫不類，薄荷蘋果水煙——聽來真像瓊瑤阿姨小說那般虛無飄渺。

「你這個頭髮！」女兵一號上下打量我後，眼光終於定格在我頭上。

「我剛剛洗了頭，Madame。」披頭散髮的我底氣不足地回答。

「我不管你是不是剛剛洗了頭或者沒洗頭，總而言之，你要麼馬上吹乾紮起來，要麼我馬上幫你剪！」

來了來了，女兵一號又開始管人罵人了。雖然翻譯員要守的規矩和大兵要守的稍有不同，但為了不跟軍隊人員，尤其是女兵們起直接衝突，翻譯們一般能忍則忍，生活上盡量跟女兵們劃清界線。然而從第一天開始，女翻譯就發現這個一等軍士「女兵一號」喜歡越界管人，尤其頭皮上的東西，頭皮底下她倒是不在乎，安娜有一次故意當她面把恐怖分子Terrorist譯成遊客Tourist，她都沒在意。

我斜眼望去，女兵一號身後，幾個逃亡成功的傢伙正在窗子縫隙裡往外偷看，一邊還幸災樂禍地朝我擠眉弄眼。我為頭髮挨罵已經不是頭一遭，被迫紮兩個辮子就是女兵一號的傑作，原本她是要我弄個髮髻的，可是我長長的頭髮盤起來後，不用大量髮夾根本無法固定，而髮夾不合安全規格不允許使用。她要我紮馬尾，那高高的馬尾紮了頭盔還戴得上去嗎？女兵一號當機立斷，既然翻譯員的規矩可以讓頭髮逍遙法外，那就由她來定個新規矩吧！頭髮長的就得紮兩條麻花辮，隨意紮的低馬尾還不算數，「到軍中來就得遵守軍中的遊戲規矩！」她凶巴巴地吼。

「下次再讓我看見你這樣，我一定馬上幫你剪。」女兵一號說完，轉身就走。

為了一了百了地解決這個權力狂的糾纏，我猶豫了一下，開口叫住她，雖然清楚我的頭髮不在她的管轄之下，我還是決定告訴她一件事。我說：「我知道像我這樣的長髮，在軍中的確不妥當，可是容我告訴您一點私事，我爸爸在兩年多以前離世，為著彌補多年來不在他身邊的遺憾，自葬禮結束後，我就沒再剪過頭髮，我打算這樣給他守三年的喪。中國人說『身體髮膚受之父母』，我用這種方式來懷念他。您，還想剪我頭髮嗎？」

女兵一號沒想到我說出來的竟是這樣一番話，愣了好久，才回過神來，說：「噢！那真對不起，我很抱歉……」

四人夜話

翻譯員營房有個不成文規定，晚上九點半熄燈。這規定對於那些必須早起的人來說，自然是好事一樁，而對夜貓子而言，卻叫人痛苦不堪。

我常常得早起，一般是凌晨四點，可是我也是夜貓子，不到半夜三更不上床。必須早起的夜貓子最後會變成什麼呢？答案很簡單：變成熊貓！

大兵們看見我睜著熊貓眼出現時總是大惑不解，問我放著可以賴床挺屍的美好夜晚不去休息，卻偏要摸到三更半夜，到底為的是什麼？

這個，咳！說來話長。

十幾個女翻譯裡，有七、八個「老太太」，睡覺時打呼嚕響徹雲霄，你若九點半上床，十點整就會被驚醒，以為軍營響起了起床號。另外有幾個翻譯有點不食人間煙火，她們對身邊事務不抱太大興趣，也沒有太多反應，躺上床後就一動也不動，睡得兵敗如山倒。熄燈後的九點半，黑漆漆的營房諸事不便，習慣睡前閱讀的我，也只能捲在睡袋裡就著手電筒看書，手電筒集中的光圈很容易就令眼睛疲勞，無法長時間閱讀。其他幾個如我一般無法進行睡前閱讀的女翻譯，在嚴重缺乏娛樂的軍事基地，只好幾乎每晚就窩在我床前，藉著窗外微弱的光線低聲聊天，互相交換每天的工作心得與經歷，也給彼此加油、打氣。反正大夥小聲講大聲笑，打呼的耳朵本來就聽不到，不打呼的那幾個耳朵也一樣拒絕聽到。

又一個無聊燥熱的夜晚，四個女翻譯齊集準備聊天開講，安娜年紀最小，就由她開始。她說：「今天我們到山裡巡邏時，被成群野豬追，那批大兵逃得比我還快，拚命催促我，也不懂他們吼個什麼？難道要我給野豬當翻譯不成？」

（啊？講評三人組驚詫：「原來人兵怕豬啊？他們為什麼不開槍射殺呢？如果出勤獵回一頭豬，不就可以來個野味燒烤大會?!」）

茱莉亞接下去：「我今早被叫去給個上尉當電台現場翻譯，他們事先也不說，害我緊張得差點失聲。上尉哪裡知道？去以前我跟大兵在裝甲車裡飆了半天歌，嗓子都快啞了呢！上尉還以為麥克風沒有調好，弄了半天。」

（噢？你還唱歌啦？講評三人組建議：「你幹麼不就對著麥克風唱歌？乾脆唱那首知名的反戰歌，〈花兒哪裡去了〉（Where have all the flowers gone）。」）

輪到莫妮卡，她慢條斯理故意用磁性聲線說：「我今天有個極早的任務，所以起床後並沒有真正甦醒。從盥洗室回來，還是慵慵懶懶的，睡眼惺忪中直走到營房尾端，一抬頭看見個大兵躺在我床上，本小姐立刻尖聲大叫！那傢伙被我嚇得翻滾下床，他兄弟光著上身趕來營救，我這才發現，根本是我自己進錯了營房！」

（嘩！醋醬瓶三人組酸溜溜：「你故意的吧？說！還看見啥了？那邊……哥兒真的個個都有八塊腹肌？」）

最後，輪到我總結一天經歷，我說：「你們知道的，對習慣穿牛仔褲T恤的人來說，現在軍服上下那一長排鈕釦實在令人討厭，尤其軍褲那排拗手的釦子，硬邦邦地扣也要扣半天，不扣雖然不會輕易走光，可是今天因為有點遲到，趕時間之下，我……我忘記扣好釦子就提著頭盔飛奔出門……」

（幸災樂禍三人組：「哇哈哈哈！結果你什麼時候才發現？」）

把美麗進行到底

大清早的，一陣拍門聲，睡意朦朧中我趕緊在心裡祈禱，來人找的千萬不要是我。然而古人早就說過了，人生不如意事十之八九，古人說的難道還會錯嗎？那邊果然傳來中氣十足的一聲高呼，清清楚楚的，就是我的名字！

重重「唉」了一聲後，我跟枕頭狠狠纏綿了兩下，這才壯士斷腕掀開睡袋跳下床。披上軍服外套，走了沒兩步，想想，回身拿墨鏡架上鼻梁。摸摸蓬鬆頭髮，再次回身取棒球帽套在頭上。在營房入口把那厚重的門推開一道縫隙，我只探出半個頭張望來者是誰，外邊等著的小兵看到我這身行頭，瞪起眼睛大笑：「姑娘，太陽都還沒照屁股呢！你架個墨鏡幹什麼？」

「大爺，女人剛剛起床的樣子你不應該看見，這話難道沒人告訴過你嗎？」我反問他。

「整排車隊都在那兒準備了，你馬上過來吧！我這裡等著。」大爺小兵憋著笑意說。

「什麼？你們又幹這樣的事了！為什麼不及早通知？」我不無詫異，這批新兵啊！他們老忘記翻譯也是車隊一分子，總是出發前一刻才想起事前忘了通知翻譯。

事到如今，我也只有五分鐘時間做好準備。以最快的速度換好制服，穿上軍靴，弄齊裝備。走以前，想了想，我到底不是兵，不過一拖沓女人家，那麼，就把所有護膚品、化妝品及梳子掃入軍包帶上吧！至於牙膏牙刷，那就算了，待會嚼口香糖。

五分鐘的時間絕對來不及梳理頭髮，所以頭髮被我一股腦兒塞在軟帽裡。走呀走地，它們開始一撮一撮垂下來。我對大爺小兵說：「你幫幫忙給我拿頭盔背背包，我要梳頭髮。」

說完也不等他有所反應，就把東西全數塞到他手裡。

晨曦初現的基地，於是出現這樣一幅畫面：一個一手持槍一手捧頭盔，背上背著化妝包的小兵，加一個嘴裡咬著軟帽，雙手拚命盤頭髮的女翻譯，兩腳高兩腳低地走向車隊。

這一刻，我腦海浮現大觀園裡的晴雯：釵嚲鬢鬆，衫垂帶褪，春睡捧心。

正在等著的大兵們看見我手忙腳亂梳理頭髮，竟齊聲歡呼，一迭聲朝我喊說：「紮辮子！紮辮子！紮辮子甜！」我感到極其好笑，這批就快趕赴前線的大兵，竟還有閒工夫操心起我的頭髮來？

好不容易坐到悍馬車裡，趁出發以前，我掏出化妝水，用棉球沾著，慢條斯理地洗臉，再按照一般姑娘家的方式，給臉蛋滋潤加上色，撲粉畫眉，反正車還沒開排長還沒來，誰也沒注意到我在幹什麼。隊長忙著調無線電，司機Jojo忙著整理後車廂，其他大兵各自忙著檢驗槍械、飲用水及軍糧。

我跳下車，手藏在口袋裡，對Jojo說：「嘿！你們都在忙傢伙是吧？你看，我也有我的裝備要忙呢！」

這句話果然挑起Jojo的好奇心，他停下動作，眼光聚焦在我口袋裡的手，問說：「你有什麼武器？」

我把手亮出來快速揮了揮，他眼前一花，老半天才看清楚：一支唇膏！

Jojo露出快昏倒的表情，笑罵一句：「你這瘋子！」

我假裝生氣說：「你們要我五分鐘就趕到這裡，本大娘高度配合，從床上爬起來一秒也沒耽誤，沒洗臉沒刷牙沒上洗手間沒梳頭沒吃早餐，只來得及扣好制服上下所有釦子，就火速趕了來，你還敢罵我是瘋子？」

說著我將臉湊到悍馬後視鏡前，在坦克與兵器的背景下，仔仔細細給自己塗口紅。

儘管是在戰地，我不要忘記自己依舊是個女人，我不要被大兵們雄性同化，我鐵了心要將美麗進行到底。

違抗軍令馬大娘

清晨五點鐘，天正微微地亮，我從澡堂出來，一身筆挺的叢林迷彩服，黑油油的皮靴，身上飄著肥皂香，施施然走回營房。營地裡走動的人還不多，遠處美麗的山脈在晨霧裡若隱若現，山下大片的平原灰濛濛地，依稀看見吃草的牛和羊。我呼吸沁入心脾的新鮮空氣，給自己念一首樂府詩句：

「天蒼蒼，野茫茫，風吹草低見……」詩還沒念完，一個大兵突然冒出來擋在我面前，硬生生打斷了我的詩意，「風吹草低見大兵」我掃興地總結了詩句。

「早安！Terp，你能不能幫我一個忙？」大兵問。Terp即是Interpreter，是軍中對翻譯員的通稱。

「什麼事？」

「我要找LMT⑮的翻譯馬大娘，你可以把她給叫醒嗎？」

我答應了，回到營房後，就走到馬大娘床前輕輕把她給搖醒，大兵在營房外等著。可是馬大娘醒來後不肯下床，她說：「我昨天執勤十個鐘頭，晚上十一點才回來的。現在才五點多鐘，我不去，我要睡覺，你叫他們找別人去。」

我心想，這馬大娘怎地如此嬌貴？兩個禮拜來，我跟著我們步兵連裡三個排，每天輪流執勤至少十六個鐘頭，第一個起床最後一個睡覺，平均只五個鐘頭的睡眠時間，而她不過超時工作一天，就如此癱瘓在床？馬大娘把頭又深深埋到枕頭底下去了，怎麼勸也不肯動，我無奈出去跟大兵說：「馬大娘說她要睡覺，要你們去找別人。」

大兵臉色一變：「你確定她真的不要起床？」

我點點頭，大兵露出深受困擾的神色，沒有離開的意思，我只好向他建議：「你要不要自己進去搖醒她？」

大兵找不到人也難以向上頭交代，點點頭就跟著我進了營房。來到馬大娘床前，他低聲叫喚：「馬大娘，馬大娘，你起來，排長找你哪！」

馬大娘擺起了馬架子，依舊一動也不動，只從枕頭底下哼出幾句話：「你跟排長說，昨天我超時工作，合約上注明我們只工作八個鐘頭，所以，我不去，我有權睡覺！」

這馬大娘大概年紀大，糊塗了，合約雖然注明我們執勤八個鐘頭，但也注明另外八個鐘頭是待命狀態，剩下的八個鐘頭才是下班時間。當然，執勤與待命有時毫無分野，我就因為碰到這模糊地帶，每天執勤十六個鐘頭。可是祭出合約來睡覺，馬大娘是不是瘋了？

大兵無可奈何退出營房，留下馬大娘繼續睡大覺。我回到自己鋪位弄裝備，一邊念念有詞背生字，準備出勤。不到五分鐘，響起一陣拍門聲，門被人大力拉開來，伴隨著A連一等軍士長的呼喝聲：「馬大娘！！！」

馬大娘聞聲喪膽，幾乎從床上滾下來，所有人也都被驚醒，大事不妙。只見馬大娘衣冠不整、披頭散髮趿著拖鞋走向門口，不待她開口說話，一等軍士長就非常嚴厲地吼：「我給你五分鐘準備，五分鐘後你來連裡一排報到！」

馬大娘張口辯解：「我睡眠不足，我昨天已超時工作，你們去找候補！」不待她說完，和一等軍士長同來的翻譯主管，厲聲打斷她：「你還敢狡辯？我給你兩個選擇，你馬上去報到，或者馬上開除？」

一等軍士長和翻譯主管看來都十分生氣，臉漲得通紅，他們不等馬大娘回話，就甩

⑮LMT：Liaison Monitoring Team，交流監督組。

門走了。我還是第一次看見軍隊裡的男性對女性如此不客氣，這也難怪，翻譯不肯執勤，軍隊如何出行？在軍令如山的地方，馬大娘竟敢違抗命令，簡直吃了豹子膽。

平時十分囂張的馬大娘嚎啕大哭起來，很委屈地訴說她有多麼累，昨天沒吃上一頓好飯之外，工作時數是如何與合約不相符。其他女翻譯都嘗試開導她，說其實人人都累，不能好好吃上一頓飯本來就是軍中常情，大夥也都一定程度超時執勤過，可是馬大娘一把鼻涕一把眼淚不肯受安慰。這不是憐香惜玉的時候，我當機立斷，拿起馬大娘掛在床頭的制服，催促說：「你快別哭了，再哭，你那五分鐘就沒了。快！把睡衣脫下，把手張開，我來給你穿制服。」

馬大娘淚眼婆娑站起來，我很快給她套好制服，幾個人幫著她扣鈕釦。茱莉亞把靴子擺到她腳前，安娜給她軍包裡塞進食物，卡洛提著頭盔等她準備好就遞給她。軍旅生活沒有別的好，但是遭逢困難時，彼此間放下成見互相照應的手足精神，卻是在外頭世界所難以體驗到的。

五分鐘後，馬大娘臉沒洗、牙沒刷，哭哭啼啼出了營房，像古時候心不甘情不願上花轎的小媳婦。她本來就是個伶牙俐齒的女子，可是在軍隊裡，再委屈也罷，她早該明白，軍令是個只能服從不能違抗的東西，誰叫你當初選擇「嫁」給軍隊呢？

山寂寂，水殤殤，縱橫奔突顯鋒芒，可憐的馬大娘！

出門散步

那一天，實在是倒了大楣。

我從連部辦公室出來，突然想去散散步。如果有時間，我喜歡這樣的放鬆方式。然而這裡的散步不是一般意義上的散步，我的出門散步，是指僅僅跨出營房大門去兜圈子走路，想溜出基地去散步？門都沒有！

話說回頭，那天我突然想去散散步，就臨時改道，往從沒溜達過的營地岔路走去。走呀走的，看見近處一整排營房外，站著許多閒聊的大兵，我根本不認識的大兵。

我見了陌生大兵會異常緊張，他們總是死死盯著所有女生，尤其我作為翻譯大軍裡唯一的亞裔面孔，往往被盯得渾身不自在。即使他們貌似沒有盯著人打轉，其實眼角卻早已把人上下掃視了一遍。跟著大兵生活那麼久，他們見了女生腦子裡想的是什麼，我難道還會不知道？哼！

依照習慣，我拉低帽簷垂下了頭，一邊小心周遭開過的軍車、坦克，一邊專注跨步。我曾經有過一次垂頭走路，忽地抬頭卻見坦克就在面前兩米處的驚悚經驗，爾後我低頭走路也得眼觀四面、耳聽八方。這次，就在我全神貫注飛步疾走，眼見就快踰越大兵群時，真是人算不如天算，左腳右腳交叉步下，我竟一步踩到了自己腳上鬆開的鞋帶，一個踉蹌，「啪嗒」一大響，啊！我直挺挺摔在大兵面前！千年道行，毀於一旦，我對著鼻尖土地哀歎：「大地啊我的母親啊！這輩子我還未曾如此虔誠膜拜過您！」

大兵們當然爭相把我扶起來，面對那麼多英雄，害我不知道應該先謝誰，乾脆一屁股又坐倒在地，掩飾著尷尬連聲說：「我要繫鞋帶。」

鞋帶繫好後，我頭也不回奔往自己營房的方向。這次糗大了，我回去跟誰也不提。

第二天，一踏進辦公室，連長就說：「你過來，讓我看看你的靴子。」

我嬉皮笑臉回問：「連長大人，您是建議我學那個向布希總統扔鞋子的伊拉克記者，把靴子脫下扔過去呢？還是連腳帶靴直接擱到您桌上？」

連長大笑著擺出一副胸有成竹的樣子命令：「你給我規規矩矩走過來！」

我走過去，規規矩矩地，一步也不踰越，立正在連長面前。連長低頭瞄了瞄我的靴子，就說：「你給我示範一下如何繫鞋帶。」

我一聽這話，恍然大悟，都說了基地藏不住祕密，昨天被鞋帶絆倒在大兵面前的糗事，原來早已傳到連長耳朵裡。我知道這個連長想要整我已經很久了，可是拿我沒辦法，也一直苦於沒機會，現在終於等到了。當然，這個「整」指的是玩笑、作弄的意思。

我半跪在連長面前乖乖繫鞋帶，如何交叉如何相對繞過足踝如何打結如何把尾端塞到靴子裡。鞋帶到底牽涉到安全問題，而在軍隊裡，永遠安全第一。繫好鞋帶不只是為了預防意外摔跤，繫的方式其實也為了受傷時候便於剪斷，而能快速脫下靴子的救急措施。

連長大人嚇唬我：「你想想看，要是你摔倒的時候，正巧有輛坦克經過，你還有命嗎？」

「回大人，小命當然不保。」我恭恭敬敬地回答。

「那麼，為什麼你還對鞋帶如此人意？」連長咄咄逼人。

在繫著鞋帶的我真個百口莫辯，要如何告訴爸爸一樣的連長大人，是因為大兵害我緊張，快步奔走所以才沒有發現鞋帶鬆掉了，不然我是不會摔跤的。但這是什麼邏輯啊？鞋帶鬆了就鬆了，又關大兵什麼事？

繫好鞋帶，連長意猶未盡，他說：「你明天再來，後天也再來。反正就是一句話，你從今天起，天天來我這裡練習繫鞋帶。如果還有哪個翻譯因為鞋帶絆倒了，我就拿你作示範！」

唉唉！出門散步也能散出這個下場，顯然基地生活太缺乏娛樂。好吧！連長大人，這個回合，算你贏啦！

都見龜去吧

當我的上司鬼鬼祟祟來問我可不可以代班出勤時，我早該料到那不會是什麼輕鬆的工作，畢竟來人是軍士長的「貼身侍衛」！然而我沒有細想就答應了，以為反正閒著也是閒著，出去說說話、動動腦筋也好，後來證明這是個大大的錯誤！

會談才不過開始五分鐘，我就感到已快窒息。對方頭目，以及他的翻譯，態度極其傲慢，語氣非常不遜，先是問候軍士長近況，再問候他家人太太，不忘語帶諷刺加上一句：「如果那還是同一夫人的話。」

軍士長剛剛第二次離婚，對方顯然已掌握好全部背景情報，這不算意外，然而這句問候馬上就讓軍士長陷入尷尬處境。

談判的主要目的不過是我方希望對方合作，以維持相關地區的安寧。平常鄉區小鎮，但求溫飽的老百姓是不會無端端武裝起來的，這後面是誰在運作，不言而喻。

雙方打著太極，言不及義的說話方式讓我這翻譯苦不堪言，要如何正確無誤去將一番言不及義的說話譯得言不及義，而且還要讓對方捕捉到個中蹊蹺而不去懷疑我這翻譯的水準？

從部隊退役之前也算是身分顯赫的對方頭目，整個人看來卻流裡流氣。將我方的說話翻譯給他聽時，他的翻譯一副不屑的表情，一樣地流裡流氣，橫看豎看都不是專業的樣子。然而我心裡明白，這才是對方厲害的地方。

雖然不斷地不斷地深呼吸，可是會談進行五十分鐘後，我卻開始有點沉不住氣，壓力不斷增加，談話卻絲毫沒有進展，對方竟還問出「明年選舉你投民主黨還是共和黨」這樣的白痴問題。軍士長答曰：「在目前身分下我保持沉默，這個答案，我連我太太也不會告訴。」

室內我方人馬大笑不已，可是我卻真想爆粗口，雙方語言上的拉鋸戰，宰割了翻譯員多少腦細胞。我覺得自己腦中語言機制已快癱瘓，翻譯到半途，連不該出現的其他語言，都幾乎不受控制地要從嘴裡溜出來。也許談判實質就是這樣，繞著圈子互相揣摩、刺探對方底線，以爭取對自己最有利的條件。

接受軍方翻譯訓練的時候，翻譯員一再被提醒，翻譯職責不過就是一道聲音、一部語言機器，不要將自己的情緒及意見帶入翻譯內容，可是今天的臨場試驗，我覺得自已難於合格。生平最恨不肯把話說清楚的人，這次會談卻恰恰碰到我最痛恨的這點，不著邊際之餘還是不著邊際。有那麼一刻，我真想掀桌而起，揚長而去——都見鬼去吧！老娘不幹了。如果想繼續殺戮，就繼續殺戮去！外面太平盛世花紅柳綠，家裡床軟枕頭高，我幹麼要來這鬼地方苦口婆心勸你們放下武器，讓自己莫名其妙活受罪？

回到基地後，我終按捺不住，跑去找上司責問，他們從未見我耍個性或發脾氣，立馬意識到這次倉促的安排的確有所不妥，不斷道歉。涉及軍事談判的翻譯員是必須經過特殊訓練的，包括心理戰術及肢體語言，在出發以前必定知會談話範圍，還得預先掌握相關詞彙，一般選擇兩個涉及語言都屬母語的翻譯。我這次是臨時被拉夫，也就白白經受這次極其難堪及棘手的場面，想及好幾次掉入對方語言陷阱而譯不出來的尷尬處境，讓我覺得自己完全被愚弄。

叫人意外地，連裡居然放我一天假讓我休息。我從黃昏睡到天明，起來吃片三明治後，從天明又睡到下午，我被扼殺的腦細胞得靠睡眠給予修復。待我終於因肚餓而醒來時，剛出勤回來的茱莉亞笑說：「你好厲害啊！我們聽你夢囈，各種語言雜陳，你還說中國話。」

我趕緊問：「有沒有洩露機密？」茱莉亞搖頭，繼續大笑：「我們特意圍觀，還把懂中文的克麗絲丁叫來，她聽了聽，說你在罵人呢！罵的是……」茱莉亞頓了頓，開始鸚鵡學舌，這是每個翻譯都會的本事，只聽一句中文怪腔怪調從她嘴裡溜了出來：「都・見・龜・去・吧！」

甜蜜的誘惑

第一軍士長突然下令，禁止全連大兵吃零食喝汽水，連飯後甜品一概都在禁止之列，而且毫無商量的餘地，禁令馬上執行，違者一律嚴懲。幸好，翻譯不在此限。

軍中頓時哀鴻遍野，為什麼不讓大兵吃甜食？原因說出來讓人啼笑皆非。按第一軍士長的說法，我們連裡大兵都太痴肥，所以不管男女老少、環肥燕瘦，全都強制減肥。說真的，這營陸軍國民警衛隊（Army National Guard）剛剛抵達時，翻譯們就發現他們著實胖了些，大概國民警衛隊是「業餘」性質，這批傢伙都沒有嚴格管理好自己的身材。

我和安娜幸災樂禍，執勤時候，兩人軍包裡故意塞滿食堂取來的巧克力鬆餅、肉桂小餅乾、草莓巧克力、不同口味的棒棒糖，再加上花花綠綠的各類飲料，大搖大擺準備「復仇」去。以前大兵動不動就喜歡調侃女人減肥這話題，我和安娜只不過偶爾不想吃甜食，他們就會迫不及待給我們扣上減肥的帽子，順理成章把兩人歸類為膚淺女之流，氣得我們辯也辯不清。無可否認，大多數女人都愛莫名其妙地減肥，我和安娜完全不搞這一套，也討厭天天談論減肥的無聊女人。軍中幾乎每天都吃的口糧，熱量累計起來雖然高達三千多卡路里，我和安娜照樣拒絕減肥。見過動盪不安之地糧食缺乏的窘境後，我們都覺得女人減肥真是件極其造作的事。現在，輪到男人們減肥，而且一舉上百個男人集體減肥，我和安娜哪肯放過作弄他們的機會？

來到執勤地點，任務完成後，還未到回營時間，大兵們三三兩兩圍繞各自車子邊聊天，有些啃著乾糧，有些喝著礦泉水，他們倒還認認真真不犯規，平時愛喝的那些五顏六色的碳酸飲料都消失了。安娜朝我使個眼色，表示行動開始，我便同她一塊跳出車，背著軍包爬到悍馬引擎蓋上去坐，居高臨下開始進行折磨大兵的表演。

我先從軍包裡摸出包巧克力牛奶，在耳邊大力搖一搖，讓液體衝擊出響亮、清脆的聲音，這才心滿意足插入吸管滿滿地吸上一口。再掏出巧克力鬆餅，慢動作用手指一小塊一小塊捏下來，輾轉送入口中，臉上露出陶醉無比的樣子。說真的，咱軍中鬆餅的確好吃，在歐洲從沒吃過這麼可口的鬆餅。安娜則慢條斯理掏出一片蘋果派，張嘴輕輕咬下一角，再優雅地扭轉手中粉紅色柚子汁水瓶蓋，喝一口，也流露一副享受到極點的表情，兩個人不約而同且幸福無邊地大聲歎息，唉……

隨著這聲歎息，周遭大兵們的動作都觸電般略略停頓了一下，有人瞄瞄我們手裡的甜食，大兵侯希饞得面頰都可以吞下肚了，本來愛吃鬆餅的安德魯，喉頭更是忍不住嘸了嘸。禁令執行至今已經好幾天，這好幾天的時間，已經漫長得足以讓這批十幾二十歲的大兵懷念那曾經有過的甜蜜。

看著大兵們的反應，我和安娜很快交換了一個眼神，極力克服想捧腹大笑的衝動。告別學生生涯那麼多年，這次故意去重溫年少時候那種有好東西就可以對同學踐一踐的幼稚心態，著實有點變態。

軍旅生活是個充滿壓抑的生活，沒有人能夠隨心所欲按自己方式過日子，禁酒精已經是個束縛，現在再加上禁甜食，那還不讓大兵們內心崩潰？得不到的東西當然都是美麗的，吃不到的甜食當然都是可口的，大兵們實在可憐啊！我和安娜珍惜著自己的幸福，繼續咬一口糕點，繼續甜蜜無比再次高聲歎息，唉……

世上如果存在兩個實在欠扁的女人的話，我和安娜當之無愧！

折磨完大兵，兩個人鑽回悍馬車裡，負責開車的侯希無精打采，我悄悄遞給他一包餅乾，說：「拿去吃吧！這點東西無礙的。」安娜接著說：「別擔心，我們什麼也沒看見。」

胖小孩侯希接過餅乾，三兩口就吃完了，那股饞勁，沒有甜食的日子的確很難過。

安娜問：「軍士馬諾多一向喜歡吃杯子蛋糕，他要怎麼捱過這種苦日子啊？」

侯希回答：「還能怎樣？幸好是集體減肥，周遭沒有誘惑。現在倒是有點佩服我太太了，三天兩頭地減肥，啥也不吃，真不簡單！」

「哈！你竟佩服起減肥的女人來了？」安娜大笑，也許經常被太太的減肥大計所折騰，侯希一直是個最愛譏笑女人減肥的傢伙。

「沒錯，是很佩服，減肥需要很大的意志力。」侯希感歎。

在大兵侯希提及「意志力」這三個字的時候，我腦袋裡突然蹦出一個餿主意，我很快改用德語向安娜建議：「我們來作弄馬諾多軍士，怎樣？」

安娜聽見可以玩，來了興致，略略告訴她我的詭計後，她非常興奮，希望馬上著手進行，可是這個計畫必須有大兵願意合作才能完成。

「喂！侯希！這香草鬆餅給你，葡萄汁飲料也給你。」我還沒回過神來，安娜已經在賄賂侯希，拚命給他塞零食，「等等，這裡，還有巧克力……」

待侯希喝完葡萄汁，懷裡揣著巧克力及棒棒糖，正忙著吃鬆餅的時候，安娜拍拍他的肩膀說：「請你幫我們一個忙，可以嗎？」

有甜食吃的人是幸福的，幸福的人兒是不會拒絕他人的，所以，侯希問也不問，就答應了安娜的要求。

回營後，我們有一下午的時間把計畫付諸行動，幸福洋溢的侯希，毫無保留協助我們做準備工作。一切就緒，三個人唯一剩下的事，就是等待馬諾多軍士的歸來。可憐的馬諾多軍士啊！他不知道兩個女翻譯已經給他設好了圈套，不知道他將面臨生命中最嚴峻的考驗！

左等右等，路的那一頭，累得滿頭大汗的排軍士馬諾多終於步履蹣跚回來了，放哨的安娜很興奮地快步通報營房牆角蹲伏的幾個人，她雙腳使勁一蹬，硬是把自己整個當一袋垃圾般扔到人堆裡來，手肘不小心敲到我下巴，疼得我連娘也來不及叫就幾乎昏死在大兵侯希背上。另兩個提供技術協助的大兵，被安娜這樣一個大美人蹦坐到小腿上，居然也坐懷不亂，只忙不迭：「噓！噓！」聲要人安靜。的確，乾等了幾個小時，要是這紛亂噪音引起馬諾多軍士注意到營房窗外的動靜，一下午的精心布局就付諸東流。

大夥面前的空箱子上擱著一台手提電腦，視頻連接另一端隱藏在室內高處的攝影鏡頭。連馬諾多軍士算在內，營房一共住有三十幾個大兵。有一班大兵正在外頭執勤，剩下的十幾二十人，都通過大兵侯希陸陸續續知道了兩個女翻譯的詭計，他們表現得很合作，都很樂意參與基地生活難得的娛樂大計，有幾個甚至自願留在營房裡跑跑龍套，免得空蕩蕩的營房引起馬諾多軍十的懷疑。

馬諾多軍士大搖大擺踏入營房，他馬上除下頭上的軟帽，拿在手裡當扇子般搧了幾下。營房外的觀眾開始興奮得低聲尖叫，等待良久的「巨星」終於登場。我回頭一看，本來只有五、六個人的牆角現在又多擠了幾個大兵，還好都是和馬諾多軍士同營房的自己人。轉頭正要回望電腦螢幕時，冷不防侯希的大手掌一把蓋在我臉上，他急急地說：「兒童不宜。」，安娜也轉過頭來解釋：「馬諾多軍士在換衣服。」

可是馬諾多軍士哪裡有換什麼衣服呢？脫掉制服的他，光著上半身，底下一條四角內褲，他在自己床鋪周圍走來走去，手掌不斷在大肚子上摩挲。馬諾多軍士本來就胖，他的那種胖法，是結結實實的大塊頭，找不到半點贅肉，雙臂孔武有力，我就試過整個人被他拋上天，掉下來時還被他穩穩接住放下地。

每個人都在仔細觀察馬諾多軍士的一舉一動，期待戲劇性的一幕出現。他這裡動一動，那裡弄一弄，好幾次拿起小桌上的刀子，床鋪周圍兜一圈，又把手上的刀子擱下。軍包被打開數回，也沒有往包裡掏東西，伸手又拿起刀子，擱下，再踢一踢床底的靴子，端起杯子喝上一口水，大手一揮，又開始搓肚子。大兵們口裡不斷發出嘖嘖聲，都覺得馬諾多軍士在浪費時間。我默默觀賞這齣無聲戲，忍不住想，人如果能夠抽離自身，從旁觀察自己行為的話，是不是也會因此發現，自己大多時候也是這般無聊的？那些下意識的動作，它難道真的一如心理學家所強調的，反映自己內心潛在的壓抑？如果那些無聊舉止真的可以被詮釋，那麼，拿刀子的馬諾多軍士是想殺人？防禦性強？不安？而摸肚子的他是因為心滿意足？疼惜自身？精神放鬆？我一貫討厭心理學家把人類行為一一定格分析的牽強附會，硬是把隨意的舉動煞有介事分析得莫測高深，真是那樣的話，不學心理學，我也可以把馬諾多軍士的心理分析得頭頭是道呢！馬諾多軍士為什麼不斷摩挲肚子？依我看，那是因為缺乏甜食，肚腹空虛的緣故唄！

在大夥全神貫注下，鏡頭裡的真人秀終於出現高潮——馬諾多軍士掀起了床上的枕頭！只見枕頭突然停在半空，馬諾多軍士呆了呆，難以置信盯住枕頭底下的東西，身體僵住了。窗外的觀眾屏息以待，安娜捉住我的手，緊張得幾乎就要衝進營房去的架式。視頻上，拿著枕頭不動的馬諾多軍士，很快就意識到枕頭底下的寶貝是個必須隱藏的祕密，愣住的表情霎時轉化成意外加驚喜！他趕緊把枕頭放下，像埋藏寶藏般，把祕密緊緊用枕頭埋住，旋即又鬆開，一副疼惜得手足無措的反應，他賊頭賊腦，左右扭頭四圍觀察，似乎在確定沒有人發現這一幕。

營房外，拚命壓低笑聲的觀眾們，看著馬諾多軍士的滑稽相，全都笑得東倒西歪。馬諾多軍士當然不知道，他已經一步步失足掉入女翻譯所設下的陷阱裡。哎！馬諾多軍士枕頭底下埋藏的那些祕密啊！那些由巧克力鬆餅、粉紅糖漿杯子蛋糕、蘋果派、檸檬夾心餅乾組成的美麗誘惑啊！那甜蜜的召喚，你叫馬諾多軍士如何去抵擋得住呢？

很快地，原本不知所措而不斷在兜來兜去的馬諾多軍士似乎已下定決心，他坐到床頭，背轉身阻隔營房另一端幾個大兵的視線，視死如歸般，他火速扒開枕頭，拿起甜食撕開包裝，就一手一個放懷吃起杯子蛋糕及鬆餅來，吃相實在饞得厲害。馬諾多軍士平時是個做事一絲不苟的排軍士，發號施令地，加上年紀較長，大兵們一向尊敬他，但是現在，鏡頭顯現一個形象的大落差！吃著杯子蛋糕的馬諾多軍士，滿臉甜蜜、快樂，活脫脫就是個瞞著媽媽偷吃的可愛胖小孩，臉上流露的滿足感，純真得叫人又好笑又感動。

馬諾多軍士吃著吃著，風捲殘雲般，外邊大兵再也不去壓低聲音，個個笑得肆無忌憚。我猛一回頭，發現後面居然站著不苟言笑的排長大人。哇！他什麼時候也混過來了？排長對我做個噤聲的手勢，便悄悄探頭盯著視頻，努力想弄清楚是怎麼一回事？我拉拉安娜的衣袖，指指身後，兩個人準備開溜。第一軍士長的明文規定，大兵卻通不過女翻譯設下的考驗，第一軍士長要是惱羞成怒，追究起來，這兩個故意去試探大兵意志力的女翻譯，恐怕就要吃不了兜著走啦！可是沒想到，正當我和安娜彎著腰準備逃離現場時，卻聽到排長在後面居然放聲哈哈大笑起來了！大兵們都嚇了一跳，急忙站起來敬禮，排長一邊回禮，卻一邊按捺不住笑意，敢情馬諾多軍士偷吃甜食的樣子實在太可愛，連一向嚴肅的排長都被逗樂了。排長一高興，女翻譯就放了心，原來他並不計較馬諾多軍士的犯規行為。

馬諾多軍士吃完甜食後，心滿意足拍拍肚子，我敢說，那跟之前摩挲肚子的心理狀態可完全不一樣。笑鬧聲中大兵關了視頻，按照之前說好的，重新檢查電腦，確定沒有任何紀錄留在硬碟上，以避免這段涉及隱私的視頻被閒雜人等上傳到網路世界。然後，我和安娜走到馬諾多軍士的窗前輕輕敲窗，準備謝謝他帶給我們的短暫歡笑與娛樂。不過幾分鐘的時間，卻發現馬諾多軍士已經枕著那個帶給他甜蜜時光的枕頭呼呼睡去，他看來根本不在乎甜品從何而來。在夢鄉，虔誠信仰天主的馬諾多軍士或許會夢見天使，我猜，縱然墮落在罪惡的糖果鄉裡，馬諾多軍士還是會悄悄去謝謝天使的，在這麼艱苦的行軍生涯裡，竟允許如此甜蜜的誘惑發生。

白軍士的夢

白軍士姓白，可卻是個名副其實的黑人。我想起我的牧師朋友針對膚色歧視而在講台上說的一番話，他說：「我是姓『棕』（Brown）的英國人，理事先生是姓『黑』（Schwarz）的德國人，司琴是隨夫姓『綠』（Vert）的中國人。所以你們看，英國人未必是白的，德國人卻倒是黑的，中國人卻隨著法國人乾脆變綠了。上帝是色盲，他才不在乎你們的膚色呢！」現在加上這個姓「白」（White）的黑人，我當然相信，上帝的確是個可愛的色盲。

有一次在鎮暴演習行動中，支援隊伍來了排士氣高昂的大兵，走近了我才看清楚，領隊的就是白軍士，他中氣十足揮舞棍棒指揮大兵，呼喝的節奏完全就是黑人街頭饒舌歌的節奏，整排年輕大兵們，聞聲起步，乍看還真有點舞蹈的韻律，配合著白軍士的饒舌令毫不猶豫地前進！前進！那一刻真令人歎服，能將刻板的戰略步驟演變成活潑的肢體語言，這白軍士真有辦法。

某個黃昏隨著一班士兵出外巡邏，班長就是白軍士。到了巡邏地點，悍馬車停在一處高地，瞭望平原美景，夕陽西下，空曠無風，遠處木屋的炊煙，筆直升向天空。如果《紅樓夢》裡跟林黛玉學詩的香菱看見這景象，大概就不會有關於「大漠孤煙直，長河落日圓」裡「煙如何直」這一問了吧？

白軍士拿出照相機，很開心地照相。幾個人也背著夕陽把著槍，擺出很英挺的姿勢，要求白軍士給他們留影。白軍士給他們照了幾張相，就摸著相機露出很是為難的表情。

大兵傑克要求：「你今晚就把照片用電郵傳給我好嗎？」沒想到白軍士搖搖頭：「要等到征期結束回美國，才有辦法把照片沖洗給你。」

聞言每個人都呆了呆，好像有點時空錯亂，愣了幾秒，傑克第一個反應過來：「沖洗？你的意思不是……天啊！你還在用膠卷拍照？」

「不就是嗎？整個役期我就只帶了六卷膠卷備用啊！」白軍士沒好氣地回答，怪不得他不太願意為別人照相，不但沖洗難，買膠卷更是難上加難。

這下人人捧腹大笑，很樂的樣子，一迭聲戲弄白軍士：「你到底活在哪個時代？」我拍拍白軍士肩頭，問說：「你是不是職業攝影師？」一般職業攝影師或者攝影愛好者，都還喜歡採用膠卷攝影的傳統方式。

白軍士擺擺手否認，「我只不過就這一台照相機，用了很久了，家裡還有幾年前我哥哥結婚時拍照剩下的好些膠卷，不用實在浪費。你倒是給我說說看，數位相機到底是怎麼回事？」

白軍士這一問，本來已心生憐憫，猜測白軍士可能出身貧苦的其他大兵，卻一發不可收拾再度狂笑起來，這問題實在太叫人意外了，白軍士是真的完全沒見識過數位相機，他到底來自美國哪個不見人煙的角落？

就這樣，每個人開始對白軍士開起「一年後記得把照片洗了寄給我」的玩笑，還一本正經排隊給他手寫住家地址，準備等他郵寄照片。

坐進車裡準備吃ＭＲＥ當晚飯，我跟白軍士有一搭沒一搭地聊天，看見他拿的是第六號口糧，我馬上要求：「請給我裡面的M&M's巧克力。」

白軍士很大方地把那包巧克力掏出來遞給我，說：「巧克力喔！每個小孩的甜蜜美夢。」頓了頓，又說：「有時候，是遙不可及的美夢。」

我說：「吃巧克力總是讓我很快樂，我不會為了怕胖而拒絕它。跟你說啊！我曾經有過兩天之內吃掉一公斤莫札特巧克力球⑯的紀錄呢！厲害吧？」

白軍士只是不以為意點點頭，我老半天才搞清楚，他不但理解不了公制一公斤到底是英制單位多少磅？跟數位相機一樣，他聽也沒聽過奧地利的莫札特球。

白軍士看我開心吃著花花綠綠的M&M's巧克力，咬得嘰哩嘎啦響，就開口跟我說故事，說：「小的時候，我爺爺房裡有一碟花生米，我饞得很，有一天趁他外出，就溜進去偷偷吃掉了半碟。你知道，小的時候，我並沒有很多吃零食的機會。」

「然後呢？」我把一顆巧克力往上拋，再張開嘴去接住。

「晚上跟耶穌祈禱的時候，我很內疚，就跟爺爺告白，說我偷吃了他房裡的花生米。」白軍士說。

「乖小孩！」我拍拍白軍士的頭讚了讚。

沒想到白軍士故事還沒完，他說：「我爺爺笑了笑，露出沒了門牙的大嘴巴，安慰我：『沒關係沒關係！爺爺牙齒不行了，咬不動花生米，所以每次舔完M&M's巧克力後，就把裹在裡面的花生米回吐到碟子裡不吃的』。」

這一聽，我嘴裡一把巧克力花生米立時飛噴而出！啊哈哈哈！這兩爺孫的M&M's故事實在太好笑了呀！看著我的狼狽相，白軍士得意洋洋地，他是故意在逗我嗎？還

⓰莫札特球Mozartkugeln，奧地利薩爾斯堡生產的一種夾心巧克力，有上百年歷史。

是真的吃過白爺爺口裡反芻出來的花生米呢？

「我從小就跟爺爺、奶奶過。我媽在紐約工作，一年也只回來看我一次。」白軍士話題一轉，提起了自己身世。

白軍士沒有提到爸爸，我也很識相地不去問，我知道很多大兵都來自單親家庭，或者來自問題家庭。大兵傑克剛好打開車門坐進來，他只聽見白軍士後半句，就回應道：「你算不錯了，我是在寄養家庭來來去去地生活，連親生父母都沒見過的。」

兩個互相比較誰更慘的人，自自然然交換身世遭遇，說得興起，自揭瘡疤，完全沒有留意到我在一旁聽得驚心動魄。傑克曾經被棄養，被養父家暴，被又一個養父拿著槍恐嚇，流落街頭，打搶、偷竊，後來為了不坐牢，聽從法官建議去從軍，出征伊拉克，轉眼就是四、五年。白軍士倒是有對慈愛的外祖父母，可是他也被街上幫派少年欺負、被迫結夥行劫、離家出走、打群架、進出警察局。

「你呢？你來當翻譯前是幹什麼的？」白軍士突然想起我來，殷切地問。

我在這兩個人面前頓覺氣短，我不曾有過什麼江湖，心虛地答：「我之前在大學裡混。」

聽了答案白軍士和傑克面露乏味之色，象牙塔裡當然沒有精彩的江湖故事，除了偶爾來一遭教授、學生天下文章互相抄，勉勉強強算個事的事。

凝視天邊的夕陽，白軍士歎了一聲息，說：「我現在最大的目標，就是把外祖母那棟房子拿回來。」

「為什麼拿不回來？」我問。

「不就是離婚官司嘛！資產凍結。前妻聲稱可以分掉房子，那狗娘養的，她分掉房子我的夢就沒了一半。」

「房子在哪裡？拿回房子你要幹什麼？」

「房子在紐奧爾良，好地方哪！拿回房子的話，我打算開間脫衣舞酒吧，這是我這輩子最大的夢想。」白軍士說，很興奮地。

聞言我滿嘴巧克力又噴了一地，脫衣舞酒吧？這是我生平第一次聽見這麼驚人的願望！

白軍士眉飛色舞描述他的夢：「我想過了，自己的房子不必付租金，就可以省下很多成本。只要找幾個辣妹，身材至少E罩杯，樣子甜不甜美不重要，舞一定要跳得好。幾個兄弟說以後可以來當保鏢，人事根本不成問題。你看，拿到房子一切就可以馬上進行。」

傑克隨即說：「我可以問問我太太，看她願不願意去你那兒跳，紐奧爾良真是個好地方啊！」

這兩個人的對話搞得我暈頭轉向，傑克真的說了「我太太」這三個字嗎？

「是啊！我太太是脫衣舞孃啊！她身材棒得很呢！」傑克無比自豪。

吃了滿口巧克力的我開始暈起巧克力，他們的世界對我而言是如斯陌生。白軍士不斷地不斷地說著他的美夢，如何裝潢找什麼舞孃放哪類音樂。傑克不斷地不斷地吹噓他太太的脫衣舞是跳得怎樣精彩，她的鋼管舞又何等地迷倒眾生，包括他自己，是如此迷戀而崇拜。

夕陽西下，是的夕陽西下，大觀園裡談論炊煙的小姐丫鬟；教堂裡姓棕姓黑姓綠高論膚色平等的白人；嚼著巧克力的我，都是一幅幅甜美寧靜的畫面。聽著這兩個歷盡艱難成長的黑人大兵的夢想，走入他們的江湖，夕陽、炊煙是長河那端逐漸塌陷的風景。黑暗漸漸彌漫車廂，白軍士叨念著他的夢，聲音漸輕，入耳一如夢囈。我衷心祝願他的願望能夠實現，並在心裡悄悄許諾，回到德國後，在等白軍士把照片沖洗好寄給我的時間段，我要趕在他之前買好一公斤莫札特巧克力球，寄到美國給他。縱然歲月遲遲，卻還來得及給他一公斤唾手可得的美夢。

皮條客的一天

在德國基地的密集訓練結束後，連裡同意給大夥放一天假，在眾多的旅遊景點裡，我選擇去「雨堡」，也理所當然給排裡兄弟們當翻譯兼導遊。

早上十一點，終於盼到酒館開門，大兵們一窩蜂衝進去，點酒點得不亦樂乎，那種把酒當水喝的架式，看得我頭皮發麻。天哪！一早就喝酒醒胃嗎？

一個鐘頭後，大兵說話開始大舌頭，在基地裡原本會客氣說「我要上廁所」的人，現在跟我開口說的是「我要小便」，我促狹說：「那你外面找草叢去！」大兵抬腳提褲果然就要走出去，我趕緊跳下高腳椅把人使勁拉回來，扭著他們的耳朵往裡推，說：「廁所在地下室。」

黑人白軍士來問我，「我們要去紅燈區，你可以帶我們去嗎？」

我想也不想就答：「大白天紅燈區有什麼好看的？」說完才想起，不對，他們當然不僅僅是要去「參觀」紅燈區，這又不是阿姆斯特丹。

白軍士也很坦然，他說：「我們要上妓院。」妓院在德國是合法的存在。

我很凶地吼回去：「這種地方我怎麼會知道？你說我如何會知道？難道我應該知道？」

白軍士很委屈，「這是你的地盤嘛！我們語言不通，不問你問誰？」

我看這大兵們也挺可憐的，我不喜歡假道學，這些大兵們信任我，才會這樣坦率。然而要我這個混在大堆鍋蓋頭裡的女生帶隊去闖紅燈區，一向膽大包天的我，膽子還是立刻縮成葡萄乾。

走在大街上，白軍士又來了，拿著一張手寫紙條，好傢伙！上頭寫著三個地址，不曉得他從哪裡弄來的？他說：「這是這裡著名的妓院。」

「那又關我什麼事？」我當街翻白眼。

白軍士被我嚇走了，我繼續逛街，和其他有家室的大兵們聊天看風景。美麗的多瑙河靜靜淌過，軍事生活的紛擾暫時被置諸腦後。正當大夥來到橋頭俯望河水時，我回頭一看，白軍士和其他幾個大兵站在一輛計程車前，指手畫腳，司機阿姨也指手畫腳地拚命在解說著什麼，互相折騰了半天，雞鴨到底無法溝通。唉！看來我還是得過去給他們翻譯翻譯。

司機阿姨說：「你告訴他們，不是我不願意載他們去，而是他們一共八、九個人。我另外給他們叫小巴，請他們先在這兒等著。」原來如此。我把話轉達了，大兵們這才明白司機「拒載」的理由，他們原以為女司機不願意載他們去紅燈區，他們以為，滿街都是道學家。

我站在那裡陪同大兵一塊等小巴，現在終於看清楚要上妓院的是哪些人。這批一塊生活了一段時日，熟悉得如同兄弟的年輕大兵，面對著我，他們還是尷尬的。我心裡不由得掠過一陣形容不出的傷感，軍事生活的確是非人生活，然而世上還有許多人對軍事人員抱著歧視的態度，不知道這生活包含了多少人性的壓抑、扭曲與犧牲。

小巴終於來了，我把地址條拿給司機看，說明要去的地方，白軍士偏偏在這時候要我問司機，「這時候妓院開門了嗎？」

我不喝酒也變成大舌頭，結結巴巴地：「請問司機先生，這個……這個……妓，不！這個『百貨公司』，現在這個時間開門營業了嗎？」

司機擠眉弄眼，竟曖昧地衝我笑：「『百貨公司』二十四小時營業。」其實司機早就知道那是什麼地方了。

把價格及人數弄清楚，再次提醒他們最遲黃昏六點必須回來集合，我站在車外跟車裡的大兵們揮手告別，可是除了白軍士，沒有人抬頭看我，他們都把頭轉向另個方向。他們不敢看我，讓我心裡有點難過，彷彿我頭上已「叮」地一聲亮出一圈神聖的光環。目送車子離去後，我想及集訓完畢，這批大兵將離開德國開往另個地方，征期長達一年。整整一年，他們將過上沒有女人的生活。

我領著其他大兵在古老的街市裡逛，拍照及買紀念品，最後當然還是回到了酒吧。黃昏來臨的時候，去「百貨公司」逛的大兵三三兩兩也來到酒吧集合。三排排長不知從哪裡突然冒出來，一改往日的嚴謹，以輕鬆的語氣問我都到過什麼地方逛？我略略說了一回，他就作弄說：「聽說你這翻譯改行拉皮條去了？」

啊？拉皮條？這形容實在太荒唐，我好氣又好笑：「我不過協助他們叫車，再把地點跟司機交代清楚而已。」

「司機一定以為你是給妓院招徠客人的皮條客，哈哈哈！聽說這裡有家著名的中國『按摩院』？」

排長這一說，我完完全全被雷到了，答不出一句話，在世界各地，中國人掛羊頭賣狗肉的『按摩院』早已不是什麼祕密。

排長繼續問：「你能不能告訴我，去妓院的都是哪些人啊？」

我瞪大雙眼說：「排長大人，我對我的兄弟們是很講義氣的，所以我是絕對不會告訴你的。」

「那麼，換個說法，」聰明的排長笑著說：「我的大兵都回來了嗎？」

我做了個鬼臉，橫掃一眼酒館裡陸續回歸的大兵，答：「排長大人，你把問題顛來倒去也沒用，我才不那麼容易上當。嘿嘿！我什麼也不會透露的。」我對排長攤開了雙手。

排長無奈苦笑著搖頭，他早就知道很多時候他是拿我沒辦法的，尤其碰到我的原則時。

看見去逛「百貨公司」的大兵全數回來後，我不知道要說什麼，只好傻乎乎問他們：「怎樣？」

有人翹起大拇指，有人戇直地答一句「美妙」，白軍士過來低聲說：「謝謝你幫了我們一個忙。」

我覺得很滑稽，搖頭擺手連連謝絕，「不客氣不客氣！我倒是要『謝謝』你，讓我有生以來莫名其妙當了一天皮條客，哈哈哈！」

多瑙河英雄

放出牢籠的一天就快結束，大兵按事先說好的，陸陸續續回到老城區的一家酒吧前集合，順便吃點晚餐，再等大巴把眾人接回基地。

我坐在露天座位上，靜靜觀察回來的大兵，百分之六十已經醉得幾乎不省人事，清醒的大兵已經沒幾人。唉！世界各地但凡提及駐紮的美國大兵，沖繩島也好巴伐利亞也罷，當地人總是對其印象惡劣，這大概跟大兵喝醉後愛打架鬧事有關。二戰時期那些英勇的美國士兵形象，似乎已一去不返。

正在這樣想的時候，旁邊經過的流浪漢瞥了一眼這群平頭方肩喝得語無倫次的大兵，竟拋下一句字正腔圓的英語：「×你的美國人！」隨即揚長而去。我原也不以為意，歐洲人一般在文化上自我感覺優越，本來就瞧不起「沒文化」的美國人，那個挨慣他人鄙視的流浪漢，碰見個可以讓他鄙視的對象，哪裡肯輕易放過？對於這樣一個流浪漢的牢騷，本來誰也不當一回事，可是不知是誰卻跟著大聲罵上一句：「是的，×我們美國人！」

原是醉後的瘋言瘋語，怎料卻把喝多了的大兵史蒂芬給惹火了，他把啤酒杯重重碰在桌上，大吼：「那個混帳說×我們美國人？好！我讓他領教領教一下是誰×誰。」說著，摩拳擦掌拔腿就追已經走遠了的流浪漢。

天啊！那個仙風道骨的傢伙哪裡挨得起訓練有素大兵的拳頭啊？這不就要鬧出人命了嗎？我趕緊大聲呼叫坐在遠處角落的班長，打著手勢往史蒂芬的方向指，那個滴酒不沾的班長馬上意識到事態嚴重，推開椅子就往史蒂芬飛奔而去。兩個傢伙在大街上糾纏起來，一個死活也要去教訓流浪漢，一個拚了命也要把發酒瘋的傢伙拖回來。唉！唉！大兵什麼時候才要真正擺脫這種醉後鬧事的惡劣品性啊？

還有半個鐘頭便到回程時間，我站起來，想到臨近的多瑙河邊散散步，呼吸最後的「自由」空氣。大兵侯希跟上來說也要去走走，我邊走邊跟他聊及老城種種。步向古老的城橋時，河對岸的橋下，一輛閃著藍色警示燈的車子呼嘯開入岸邊禁區，我跟侯希解釋說：「這是緊急訊號，大概發生什麼意外事件了。」話沒說完，侯希已大叫一聲：「上帝！那是我們的人馬啊！」

什麼？我也緊張起來，今次入城只有我一個翻譯，河岸邊要是真的發生什麼意外，我非得趕過去協助語言上的溝通不可。侯希跟我二話不說拔腿就跑，火速衝到對岸下了橋，人群已經開始圍攏起來瞧熱鬧，有員警在維持秩序。救護車剛剛趕到，醫護人員正在急救地上躺著的一個人，看清楚了，是湯瑪斯，一旁跪著個一把鼻涕一把眼淚呼天搶地的傢伙，是湯瑪斯的哥哥丹尼，兩個人都濕淋淋地。另一邊，正在接受員警盤問的，是那個方才還在狂追流浪漢的史蒂芬，捲著褲腳光著上身，也是渾身濕淋淋。

向員警表明身分說我是他們的翻譯後，德國員警馬上謝天謝地，他指著史蒂芬對我說：「請你問他事發經過，扼要就好。」

根據史蒂芬的說法，河岸邊逍遙快活正要走回聚合地點的兩兄弟，言談間起了爭執，不可開交之下，做哥哥的就張口大叫做弟弟的去死，做弟弟的一氣之下，果然就跳河自殺死給哥哥看。哥哥急壞了，也跟著跳河去救。兩個人在河裡一個要死一個要活，兩相浮沉，要死的死不去，要活的卻上不了岸。

「結果，」站都站不穩，醉醺醺的史蒂芬說：「我就跳下河去，把他們輪流拉上來了。」

員警先生聽到這裡，原本低頭在作記錄的，卻不禁停下來，抬頭看了看史蒂芬。我譯完句子，也轉過頭定定瞪著史蒂芬。哈！原來咱眼前站著個多瑙河救人英雄哪？鬼才相信！

三個酒鬼鬧的荒唐劇，這下難以收拾。員警先生說，不省人事的湯瑪斯將送入當地醫院觀察、治療，丹尼「涉案」，要扣留他協助調查，後再移交基地憲兵來領。

「哪個基地的？」員警問，我報上答案，心中開始七上八下，驚動憲兵，這下全連人都要受累。原本在七十二小時之內就要開拔前往駐紮國的，現在一個入院一個被德國員警扣住。我還在慶幸史蒂芬沒事，卻沒料到員警突然說：「他是目擊證人，也跟我們走。」

排軍士馬諾多剛巧趕過來，他反應很快擋在史蒂芬面前說：「沒事！沒事！這個史蒂芬可以跟我們回去，不必麻煩您們。不好意思，給您們添麻煩了。」

這一打岔，員警先生竟也不再堅持。經過冷水浴的史蒂芬大概也清醒不少，馬諾多擋在他前面，他乖乖臣服，再沒先前要揍流浪漢的那股凶狠氣焰。馬諾多努力也想把丹尼弄回來，可是員警不肯，他斬釘截鐵：「我們會把他交給憲兵。」我費盡唇舌，卻也不能道破全營就要開拔所以多一事不如少一事的真相，無法說服員警先生開恩。

鬧劇結束，大夥返回基地，知曉連連長也喝醉的情況後，營長勃然大怒。兩個跳河寶貝一個在醫院裡躺了一天，另個在警察局關了半夜後被憲兵接回去繼續扣留下半夜，據說兩個傢伙酒醒時分還不知自己身在何處。後果是，兩兄弟軍銜都從中士降為二等兵，調職連總部，天天處理無聊文件，等於變相軟禁一年，大兵其實最怕這種坐困愁城的懲罰方式。

至於那個史蒂芬，很幸運地保留了他的中士軍銜，這還不止，連裡開始流傳他的英雄事蹟。基於沒有其他目擊證人的存在，所以史蒂芬的口述歷史納入官方正史，他跳入多瑙河一舉救下溺水兩兄弟的事蹟一再被傳誦。按照史蒂芬的詮釋，跳入多瑙河的事蹟有三項不能忽略：第一，泳技要好，因為救的是醉漢。第二，力氣要大，因為救了兩個人。第三，勇氣要夠，因為多瑙河美雖美矣，可是河水湍急。過了一個禮拜，多瑙河英雄事蹟再追加一項第四，史蒂芬是這麼補充的：「智慧！我當下必須擁有智慧，判斷到底先救的應該是哪一個。是先救哥哥呢還是先救弟弟？」

在一堆聽眾的圍繞下，史蒂芬拿下軟帽摸了摸光頭，再現他跳河救人以前的深度思考：「萬一哥哥完蛋了，做弟弟的活著會很痛苦，因為他任性跳河連累了哥哥。」頓了頓，又說：「萬一弟弟被河捲走了，哥哥也會內疚一生，畢竟是他先開口叫弟弟跳的河！」

對啊對啊！聽眾拚命點頭，覺得史蒂芬所說的的確有理，果然是個需要高度智慧的壯舉啊！我也故意拚命點頭，讓這個吹噓得天花亂墜的大兵樂一樂，他背後早就悄悄站著排長，只是他自己沒察覺。

「後來，我只好一手一個，把兩兄弟都拉向河堤！」說完，多瑙河英雄滿足地歎息。

這傢伙也未免太扯了吧？排長聽到這裡，忍無可忍，從他背後大喝一聲：「你老媽跟老婆都掉到河裡了，你先救誰？」

哈！這才真是個需要大智慧才能回答的問題啊！排長這一吼，眾人急急作鳥獸散，只剩下幾乎嚇破膽的多瑙河英雄在那裡唯唯諾諾：「報告排長，我……我媽死了，我……我還沒娶老婆……」

暫返紅塵

一個在伊拉克戰場駐紮了十五個月，剛剛返回德國基地的大兵，連同一個在各處基地流浪了十個月，好不容易可以休長假的翻譯，彼此商量好要結伴去荷蘭的阿姆斯特丹，作為暫返滾滾紅塵逍遙人間的第一站。

場景一：火車上

翻譯發現大兵一坐下來，眼神就很凌厲地掃視整個車廂一遍，沒有放過任何角落。他全身上下緊繃、警戒著，還目不轉睛牢牢盯著車廂內每個乘客和他們的一舉一動。翻譯於是拍拍他的肩頭問：「你盯著啥呀？那麼緊張幹什麼？」

大兵深呼吸再深呼吸，放鬆了擱在膝蓋上握緊的雙拳，這才回答：「我就是有那麼一股衝動，想撲上去拆開所有行李，再仔細去搜查看看裡面有沒有藏著炸彈。」

場景二：阿姆斯特丹街道上

兩個戰友很自然地，在阿姆斯特丹狹窄的街道上，一前一後不自覺走起戰術隊形來。一向有貼身侍衛伴行的翻譯，很自然就走在了大兵身後，其實是，躲在了大兵身後。

走在後面的翻譯，漸漸發現那個領隊的不斷在左右張望，幾乎達到每一步就轉一次頭的地步，翻譯也不由自主跟著他的頻率左、右、左、右，轉頭、邁步，轉頭、邁步。最後，翻譯終於忍不住，再次拍拍大兵肩頭，問：「兄弟！你是不是還在警戒路人啊？」

大兵一聽，恍然大悟敲了一下自己的頭，說：「哎！我都忘了是在休假，還以為人在伊拉克呢！」

大兵和翻譯不再一前一後地走，換成了彼此並行邁步，可是沒隔五分鐘，翻譯走在了前面，大兵很自然就退到戰術隊形裡的老二位置。交談的時候，翻譯在前面頭也不回大聲吼，大兵在後面不必照面也高聲應，兩個人都沒有察覺到雙方如此奇怪的逛街聊天方式。

不久，後面大兵問前面翻譯：「你老往上看，看什麼哪？」翻譯心頭一驚，意識到自己的不正常，趕快舉起相機拍照掩飾，藉口說：「我在看建築物美麗的屋簷。」

大兵「哦！」了一句，也跟著抬頭看屋簷。翻譯心裡偷笑，其實她先前是下意識在找狙擊手的位置。

街頭轉角閃出幾個人，翻譯與大兵停下腳步後退著不約而同大叫，一個叫：「啊阿拉伯人！」另一個叫：「啊中東人！」

場景三：看畫的早上

翻譯去敲大兵的門，建議說：「今天去看梵谷美術館，讓藝術治療心靈創傷。」

大兵很決斷地回答：「我沒有什麼心靈創傷。」

翻譯想了想，改個說法建議：「那……好！我們今天去梵谷美術館淨化心靈?!」

大兵欣然同意。

在美術館裡，大兵在一幅〈田園〉畫前露出愉悅的表情說：「這是我在學校裡學過的畫啊！沒想到會看到真跡。」

看到畫作真跡令大兵很高興，翻譯心裡一陣歡呼——啊！童年的田園記憶回來了，伊拉克的血腥戰場可以暫時退場啦！

場景四：在船上

翻譯與大兵出了美術館後決定去遊船河，剛剛坐下，大兵卻又刷地一下站起來，焦慮地四處張望，口裡不住問：「緊急出口在哪裡？」

翻譯回道：「不知道，我遊過幾次船河都沒有考慮過這個問題。」

大兵問：「萬一沉船或失火，往哪裡逃？」

「跳河！」翻譯沒好氣地回答。

拉大兵坐下後，翻譯感到有點心酸，關於生命隨時遭遇不測的危機感，原來還無時無刻不盤踞大兵腦海。

場景五：回家路上

結束短暫的紅塵之旅，大兵送翻譯回家。快到家門前，翻譯摸了摸口袋，再把背包四處翻了翻，驚呼一聲：「糟糕！我好像忘了帶我家鑰匙了。」

大兵搓搓手：「這好辦！你家大門是往裡開還是往外開？」

翻譯不假思索回答：「往裡開。」

答完覺得不對勁，眼前那廝臉上正輕鬆綻放一朵胸有成竹的微笑，翻譯頓時恍然大悟，趕緊指著大兵吼：「喂！美國大兵我警告你啊！這裡是太平盛世的德國，不是烽火連天的伊拉克，你休想踢我的門！」

附錄

莉莉瑪蓮的等待

隔天一大早就要動眼睛手術，我這個夜貓子躺在床上翻來覆去卻怎樣也睡不著。從床頭掙扎著倒臥到床尾，不是枕頭太硬就是床褥太軟，原來「有了年紀」後的返老還童就是這麼一回事，對枕頭和床都開始認生起來。

醫院是六點鐘吃的晚餐，看了八點鐘的電視新聞，再看了一小時的有獎問答，結果時間還是夜還年輕的九點半。估計著手術後無法看書，所以我入院時一本書都沒帶，要不然時間可容易打發得多。同房八十四歲的老太太看來也睡不著，我長長地歎了一口氣後就索性亮了大燈向她建議：「我們來聊聊天怎麼樣？」

老太太原是瞪著天花板入神地想著什麼的，給我這樣一打岔，回過神來開口竟是幽幽的一句：「我的老伴去年去世了，我很想念他……」

兩個人第二天肉身就要淒風苦雨地挨刀子了，我以為聊聊天可以聊些輕鬆的話題，卻沒料到老太太話匣子打開，卻是沉重的人生議題，她繼續：「幸好先走的人是他，倒過來可就糟透了，他連飯都不會做，所有大小事都是我打理。我可沒辦法想像，沒有我他怎麼活？」

「先走的人是幸福的。」我說。老太太點點頭，呢喃著：「先走的人無非是幸福的，我也情願是這樣。我怎麼設想，都還是不願意他像我這般痛苦地想念先走的另一半。」

我過去握住老太太的手，笑問道：「您們做了多少年的夫妻呢？」

老太太很自豪地：「六十四年。」

「哇！六十四年？鑽石級啊！快成為歷史名詞的鑽石婚啊！」我誇張地嘩啦著，希望老太太能從傷感的情緒裡走出來，她果然甜甜蜜蜜地笑了。不說如今離婚的比率，光是現代人遲婚這一點，大概能有四十年的寶石婚就已值得慶幸，何況六十四年？

將年分倒數一遍後，我問老太太：「那麼二戰時候您很辛苦吧？戰線後方的女人，不管是母親或妻子，那時都是很辛苦的吧？」

老太太點點頭，說：「戰事開始時我正懷著孕，丈夫被徵了兵不在身邊。其實，戰時環境的艱苦，怎樣也比不上心頭的苦——那將要出生的孩子，到底有沒有機會看見自己的父親？」

我在情緒掌控的邊沿走鋼索，深怕一不小心會讓老太太掉入回憶的深淵無法自拔，而變得跟我一樣難以入眠。拚命將話題變得輕鬆，我於是好奇笑問：「那麼，您是不是天天在田裡種著馬鈴薯，時時在樹下苦等郵差來送信呢？」

老太太居然點頭：「是啊是啊！那時候沒東西吃，家家戶戶都在種著馬鈴薯。中午時分我就跑到村口去等郵差，有時候半年都沒有消息。戰爭結束後，我站在村口樹下不只等郵差，也等人回來。一天又一天，沒信也沒人。其他人都說別等了，他一定死在戰場上了。那時候，誰家沒有人死呢？但誰不都在心裡保留一線希望，等待戰場上的那人回來呢？」

我想像那種漫長的等待，春日遲遲，冬夜滯滯，落空的等待叫人心碎。

「後來他還是回來了嗎？」我明知故問，不然哪裡來的六十四年？

「很多年後奇蹟般地回來了，他成了戰俘被俄軍送到西伯利亞去修鐵路，戰後那麼多年的折騰，才終於被送回來，回來看到孩子都已經六、七歲了。」

回來的那天，二十八歲時候的老太太剛好沒有在村口等待，郵差已經先一步送電報來報喜的，可是她不在。她說：「我正好去另個村莊的相關部門問訊去，問他說：『你什麼時候才回來？』」

三千個日子落空的張望，我想像電影般觀眾們最終的屏息以待，村口山坡漸漸出現一個踽踽獨行的襤褸身影，男女主角久別重逢激動人心的一幕就快出現，可是鏡頭一轉，樹下卻空無一人，女主角恰巧不在！

如果是從前，聽到這裡我大概會惋惜老太太與歸人在村口那一刻的錯過，可是現在，在不斷地不斷地經歷人生荒謬後的現在，我卻指著老太太忍不住哈哈大笑：「朝思暮想的那一刻終於成真時，您，竟不在？」

老太太瞪著笑得肆無忌憚的我，先是一愣，繼而卻恍然大悟般，捶起枕頭也滑稽地大笑起來，笑得眼淚都快流出來。人生悠謬八十年，她經我這一笑才發現命運真會開玩笑！

笑著笑著我突然想起不久前才剛剛跟個朋友學會的一首德語歌，不知哪根神經不對勁時去學來的戰時歌，現在剛好可以派上用場。我雀躍地跟老太太說：「我唱一首歌給您聽——Vor der Kaserne, vor dem grossen Tor……」（在軍營宏偉的大門前……）

才不過開口唱了兩句，老太太面露驚喜，怕趕不上似的緊跟著也唱起來：「steht eine Laterne und steht sie noch davor……」（佇立一燈柱，迄今依舊……）

「我們要在那兒再相見，在燈下佇立著，一如既往，莉莉瑪蓮，一如既往，莉莉瑪蓮。」

戰時歌真切地再現了戰時回憶，〈莉莉瑪蓮〉，所有往事都因著代入你的旋律而歷歷在目。

老太太唱著唱著，眼眶溢滿眼淚，她一定是想起了那些年的痴情等待，雖然痛苦而漫長，但到底是個回憶裡的甜蜜等待，因為所等待的人後來還是回了來。可是這次，那個人可不會再回來了。

老太太感傷著，卻突然轉過頭問我：「這個世界瘋了嗎？你這個二十歲的東方女娃兒，為什麼會唱這首戰時歌？」

我？二十歲的女娃兒？我因此恭恭敬敬地回答：「因為『二十歲』的荒唐。」

與德國納粹政府劃清界線而終其一生不再踏入國門的傳奇女星Marlene Dietrich，用她低沉磁性的嗓子，在二戰時候唱紅了這首曲子，歌曲甚至遠達北非軍營。圍繞這首〈Lili Marlene〉有許多可歌可泣的故事，它是安慰，也是傷害。世上再沒有一首戰時歌，能被敵我雙方都如斯認真地唱著，至今已用超過四十八種語言，寄託著疲憊時候渴望回到心上人身邊的夢想。它曾被當作臨場策略用來重挫德軍的鬥志，歌裡的柔情等待讓衝鋒陷陣的戰士們心靈失守。莉莉瑪蓮是那個心愛的姑娘，站在街燈下，守著出征人的約定，等著出征人的歸來。

莉莉瑪蓮，我知道你在街頭等待，然而當街燈認識了你的腳步同時卻把我遺忘，是誰？會與你在燈下相會？如果我遭遇不測，當霧靄消散，是誰？那麼是誰，莉莉瑪蓮，會與你在燈下相會？

老太太在美麗的回憶裡睡著了，嘴角帶著一抹微笑，像歌裡唱著的「你充滿愛意的柔唇讓我魂牽夢縈」。我望著老太太臉上的皺紋，每一道，都是用歲月雕刻的，那令人動容而屬於上個世紀的愛情。

我答應了老太太，以後要去她家跟她學織毛衣。答應了小朋友是不可以失信的，答應了老人家就更加不可以失信，她們寂寞的等待是望穿秋水的等待。我不能讓老太太在她家院子的樹下又來一次等待，有一天總得回到醫院所在的這個城市來看望她，順便，唉，毛衣織給誰穿呢？又沒有心愛的人在戰場，要為誰等待？

國家圖書館預行編目資料

隨軍翻譯——一本聯合國維和部隊隨軍翻譯者的文化筆記／裀素萊著 --初版.--臺北市: 寶瓶文化, 2017.6
面； 公分.--(Island；270)
ISBN 978-986-406-093-1(平裝)

855 106009246

Island 270

隨軍翻譯——一本聯合國維和部隊隨軍翻譯者的文化筆記

作者／裀素萊

發行人／張寶琴
社長兼總編輯／朱亞君
副總編輯／張純玲
資深編輯／丁慧瑋
編輯／周美珊・林婕伃
美術主編／林慧雯
校對／周美珊・劉素芬・陳佩伶・裀素萊
業務經理／李婉婷 企劃專員／林歆婕
財務主任／歐素琪 業務專員／林裕翔
出版者／寶瓶文化事業股份有限公司
地址／台北市110信義區基隆路一段180號8樓
電話／(02)27494988 傳真／(02)27495072
郵政劃撥／19446403 寶瓶文化事業股份有限公司
印刷廠／世和印製企業有限公司
總經銷／大和書報圖書股份有限公司 電話／(02)89902588
地址／新北市五股工業區五工五路2號 傳真／(02)22997900
E-mail／aquarius@udngroup.com

著作完成日期／二〇一一年六月
初版一刷日期／二〇一七年六月
初版二刷日期／二〇一七年六月二十二日

ISBN／978-986-406-093-1
定價／三二〇元

愛書人卡

感謝您熱心的為我們填寫，
對您的意見，我們會認真的加以參考，
希望寶瓶文化推出的每一本書，都能得到您的肯定與永遠的支持。

系列：Island 270　**書名：隨軍翻譯——一本聯合國維和部隊隨軍翻譯者的文化筆記**

1. 姓名：＿＿＿＿＿＿＿＿　性別：□男　□女
2. 生日：＿＿年＿＿月＿＿日
3. 教育程度：□大學以上　□大學　□專科　□高中、高職　□高中職以下
4. 職業：＿＿＿＿＿＿＿
5. 聯絡地址：＿＿＿＿＿＿＿＿＿＿＿＿＿＿＿＿＿＿＿＿
   聯絡電話：＿＿＿＿＿＿＿＿　手機：＿＿＿＿＿＿＿＿
6. E-mail信箱：＿＿＿＿＿＿＿＿＿＿＿＿＿＿
   □同意　□不同意　免費獲得寶瓶文化叢書訊息
7. 購買日期：＿＿年＿＿月＿＿日
8. 您得知本書的管道：□報紙／雜誌　□電視／電台　□親友介紹　□逛書店　□網路　□傳單／海報　□廣告　□其他
9. 您在哪裡買到本書：□書店，店名＿＿＿＿　□劃撥　□現場活動　□贈書　□網路購書，網站名稱：＿＿＿＿＿＿　□其他＿＿＿＿＿
10. 對本書的建議：（請填代號　1. 滿意　2. 尚可　3. 再改進，請提供意見）
    內容：＿＿＿＿＿＿＿＿＿＿＿＿
    封面：＿＿＿＿＿＿＿＿＿＿＿＿
    編排：＿＿＿＿＿＿＿＿＿＿＿＿
    其他：＿＿＿＿＿＿＿＿＿＿＿＿
    綜合意見：＿＿＿＿＿＿＿＿＿＿＿＿＿＿＿＿＿＿＿＿
11. 希望我們未來出版哪一類的書籍：＿＿＿＿＿＿＿＿＿＿＿＿

讓文字與書寫的聲音大鳴大放

寶瓶文化事業股份有限公司

（請沿此虛線剪下）

廣 告 回 函
北區郵政管理局登記
證北台字15345號
免貼郵票

寶瓶文化事業股份有限公司 收

110台北市信義區基隆路一段180號8樓
8F,180 KEELUNG RD.,SEC.1,
TAIPEI.(110)TAIWAN R.O.C.

（請沿虛線對折後寄回，或傳真至02-27495072。謝謝）